TARO NODYN

TARO NODYN

BRENDA FLANAGAN

CURIAD

Comisiynwyd gyda chymorth ariannol Awdurdod Cymwysterau, Cwricwlwm ac Asesu Cymru

Cynllun y clawr: Ruth Myfanwy
Cyfieithwyd y testun i'r Gymraeg gan Linda Lockley

Argraffiad cyntaf: Mawrth 1998

ISBN: 1 897664 66 4
ISMN: M 57010 113 9

Mae'r cyhoeddiad yma hefyd ar gael yn y Saesneg
'Sounds Creative' - ISBN 1 897664 61 3, ISMN M 57010 114 6

Cynhyrchwyd a chyhoeddwyd gan:
Curiad ● Pen-y-Groes ● Caernarfon ● Gwynedd ● LL54 6EY ☎(01286) 882166

RHAGAIR

Mae'r pecyn hwn yn cynnwys pymtheg o brojectau sy'n ymdrin â cherddoriaeth greadigol, ac fe'u hysgrifennwyd er mwyn estyn cymorth gyda dysgu cerddoriaeth yn yr ysgol gynradd. Fe welwch bod pob un o'r projectau yn ymwneud â thestun gwahanol y bydd y plant yn medru ymateb iddo, a'r testun hwn fydd y sbardun i ysgogi gweithgareddau cyfansoddi, perfformio a gwerthuso.

Y cyswllt rhwng cyfansoddi a gwethuso yw cnewyllyn pob project. Ceir tasg wrando ym mhob un o'r projectau ac fe fydd y gweithgaredd hwn fel arfer yn dilyn y gweithgareddau cyfansoddi. Cafodd y gwaith ei gynllunio yn y fath fodd er mwyn galluogi'r disgyblion i ddefnyddio elfennau cerddoriaeth yn eu cyfansoddiadau personol cyn clustfeinio amdanynt yng nghyfansoddiadau pobl eraill. Golyga hyn y bydd y plant yn dod i ddeall sut y caiff cerddoriaeth ei chreu ac yn dysgu am rai o'r dyfeisiadau cyfansoddi sydd gan gyfansoddwyr at eu gwasanaeth.

Lluniwyd *Taro Nodyn* yn benodol gydag athrawon dosbarth mewn golwg. Mae pob un o'r projectau yn y pecyn hwn yn addas ar gyfer ei ddefnyddio gan athrawon sydd

✓   heb fod yn medru darllen neu ysgrifennu cerddoriaeth
✓   heb fod yn medru canu offeryn
✓   heb fod yn meddu ar unrhyw wybodaeth flaenorol am y pwnc

Mae pob project yn addas naill ai ar gyfer dosbarthiadau Cyfnod Allweddol Un neu Gyfnod Allweddol Dau. Dylai athrawon gofio hefyd y bydd rhai projectau o bosib yn fwy llwyddiannus o'u defnyddio gyda phlant hŷn oddi mewn i'r Cyfnod Allweddol, tra bod rhai projectau eraill wedi eu hanelu at y grŵp oedran iau.

Ar gychwyn pob project ceir rhestr o'r adnoddau angenrheidiol, ynghyd â'r meysydd hynny o Orchymyn y Cwricwlwm Cenedlaethol ar gyfer Cerddoriaeth. Mae rhestr o'r termau cerddoriaeth a ddefnyddir yn y testun (dynodir *) yn ymddangos ar ddiwedd y llyfr. Mae'r CD sy'n dod gyda'r llyfr hwn yn cynnwys yr holl ddyfyniadau cerddorol y cyfeirir atynt yn y testun. Fe annogir gwrando pellach ac ar ddiwedd pob project cynhwysir rhestr o awgrymiadau. Defnyddiwch y cyfleoedd hyn i gyflwyno cerddoriaeth gyffelyb i'r plant ar bob cyfrif.

Tra mai pennaf amcan y cyhoeddiad hwn yw cwrdd ag anghenion cerddoriaeth oddi mewn i'r ystafell ddosbarth, bydd nifer o'r projectau yn cynnig posibiliadau ar gyfer gweithgareddau traws-gwricwlaidd mewn meysydd eraill megis drama a llenyddiaeth. Mae'r pecyn hwn yn cynnig cyfle gwych i bwysleisio nad yw cerddoriaeth yn bod ar ei phen ei hun a'i bod yn rhan berthnasol, gyffrous o'n bywyd bob dydd.

Mwynhewch eich cerddora!

CYNNWYS

PROJECT 1

I FYNY AC I LAWR

Cerddoriaeth:	'The Duck and the Kangaroo' allan o *Learsongs*
Cyfansoddwr:	William Mathias (1934 - 1992)
Arddull:	Cerddoriaeth gorawl yr 20fed ganrif
Cyfnod allweddol:	Un
Cyswllt cerddorol:	Glisando*
Nod y dysgu:	Archwilio glisandi lleisiol ac offerynnol
Rhaglen Astudio y	
Cwricwlwm Cenedlaethol:	P2, P7
	C1, C2, C3
	A1, A4, A5
Adnoddau:	Amrywiaeth o offerynnau tiwniedig* (offerynnau taro tiwniedig, offerynnau llinynnol, allweddellau neu recorders)

Nod y project hwn yw sicrhau bod y plant yn deall ac yn archwilio glisandi neu lithriadau cerddorol. Defnyddir y rhain gan William Mathias yn ei ddarn hyfryd 'The Duck and the Kangaroo' a gyfansoddwyd ar gyfer lleisiau plant ac *ensemble* offerynnol.

1   Rhowch y project ar waith trwy ofyn i'r plant sefyll ar eu traed ac yna eistedd i lawr. (Eistedd ar gadeiriau mewn cylch fyddai orau ar gyfer y gweithgaredd hwn.) Nawr, gofynnwch i'r plant eich gwylio yn ofalus ac efelychu pob symudiad o'ch eiddo, wrth i chi sefyll ac eistedd heb yngan gair. Wedyn, defnyddiwch eich dwylo i roi gorchmynion yn galw am yr un symudiadau. Dylid amrywio'r gweithgaredd trwy ofyn i'r plant godi a gostwng eu breichiau.

2 Cyflwynwch ambell 'giw' cerddorol er mwyn dynodi 'i fyny' ac 'i lawr'. Er enghraifft, gan ddefnyddio eich llais, llithrwch o nodyn isel i fyny hyd at nodyn uchel ac yna i lawr unwaith eto. Neu defnyddiwch offeryn taro tiwniedig, er enghraifft glockenspiel neu seiloffon, a thynnwch ffon daro ar hyd holl nodau'r offeryn, gan ddechrau gyda'r nodau gwaelod, isaf, i fyny at y nodyn uchaf un ac yna i lawr unwaith yn rhagor, fel arwydd eich bod yn rhoi cyfarwyddyd. (Efallai y byddai troi'r offeryn ar ei dalcen o gymorth i'r plant ddeall y cysyniad 'i fyny' ac 'i lawr' mewn cyswllt cerddorol.)

3 Anogwch y plant i roi cynnig ar 'lithro' trwy ddefnyddio'u lleisiau. A ydyn nhw'n medru dychmygu aderyn yn codi oddi ar y ddaear ac yn esgyn yn uchel i'r awyr? Dewiswch sain lafarog, er enghraifft: "wwwwwwww." Gofynnwch i'r plant gymryd anadl ddofn ac yna canu'r nodyn isaf posib fedran nhw. Gan defnyddio'ch llaw, dangoswch eich bod yn dymuno i'r traw godi'n llyfn a graddol, hyd nes bydd y nodau uchaf posib wedi eu cyrraedd, pan fydd eich braich wedi ei hymestyn i'w heithaf. Rhowch gynnig ar fwy o glisandi esgynnol, gan ddefnyddio delwedd arall y tro hwn - efallai y gall y plant ddychmygu pysgodyn yn codi'n raddol i wyneb y dŵr.

4 Unwaith eto, gan ddefnyddio delweddau addas, rhowch gynnig ar glisandi disgynnol. A fedr y plant ddychmygu elyrch yn ymlithro'n osgeiddig i lawr at wyneb y dŵr, cwningen yn dianc i lawr twll yn y ddaear, neu ddyfrgi yn plymio'n ddwfn i ddŵr y nant?

5 Cofiwch ddefnyddio ystod o ddelweddau neu o bosib, fe fydd pob un o'r glisandi yn swnio'n union yr un fath! Ceisiwch yn arbennig amrywio cyflymdra'r glisandi a thraw y nodyn cychwyn a'r nodyn olaf. Gallech hefyd amrywio'r seiniau llafarog, a rhoi cyfle i'r plant symud wrth iddyn nhw ddefnyddio'u lleisiau.

6 Paratowch gardiau fflach ac arnynt luniau anifeiliaid yn symud i fyny ac i lawr. Gofynnwch i'r plant weithio mewn parau gan ddefnyddio'u lleisiau i greu seinlun byr sy'n cynnwys seiniau sy'n mynd 'i fyny' ac 'i lawr'. Unwaith eto, atgoffwch y plant y dylen nhw feddwl am gyflymdra a thraw. A yw'r anifail yn symud yn gyflym neu'n araf? Pa mor isel yw'r man cychwyn? Pa mor uchel yw'r man gorffen? Er mwyn datblygu'r defnydd o'r cardiau fflach ymhellach, defnyddiwch luniau o anifeiliaid yn symud i fyny ac i lawr; er enghraifft broga yn sboncio i fyny ac i lawr neu wiwer yn esgyn ac yn disgyn ar hyd coeden. Anogwch y plant i berfformio'u seinluniau

10

o flaen y dosbarth, tra bo'r plant eraill yn gwrando ac yn gwerthuso. Efallai y gall y sawl sy'n gwrando ddyfalu pa anifail sy'n cael eu ddarlunio gan y seiniau? Pa fath glisandi sy'n cael eu defnyddio - rhai sy'n esgyn neu sy'n disgyn?

7 Gan weithio o gardiau fflach, unwaith eto fesul pâr, gofynnwch i'r plant ddefnyddio offerynnau traw i ddynodi symudiadau gwahanol anifeiliaid. Gall offerynnau addas gynnwys unrhyw offerynnau taro tiwniedig (er nad yw clochfarrau yn offerynnau delfrydol ar gyfer y project hwn), offerynnau llinynnol (er enghraifft, ffidl neu gitâr), allweddellau neu recorders. Buasai chwibanogl swanee yn ddelfrydol!

8 Dewiswch ddau anifail yn unig ac ewch ati i greu seinlun dosbarth-cyfan gan ddefnyddio lleisiau ac offerynnau tiwniedig. Recordiwch y darn gorffenedig i'w werthuso gan y dosbarth.

Gwrandewch ar 'The Duck and the Kangaroo' allan o *Learsongs*. Beth, o safbwynt y gerddoriaeth, sydd wrth ddant y plant? Gwrandewch unwaith eto. A ydyn nhw'n medru clywed y glisandi yn cael eu datgan gan yr offerynnau chwyth (y clarinét a'r trwped) a'r glisandi lleisiol ar sillaf olaf y gair *kangaroo* (dair gwaith)? Gwrandewch unwaith eto. A fedr y plant glywed y cordiau sy'n symud i fyny ac i lawr ar hyd y piano?

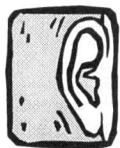

Gwybodaeth gefndir ychwanegol
Dewisodd William Mathias bump o gerddi mwyaf cyfarwydd Edward Lear er mwyn llunio ei gyfres a gyfansoddwyd ar gyfer lleisiau plant ac *ensemble* offerynnol (dau biano, clarinét, trwmped, offerynnau taro a bas dwbl). Mae'r gyfres, a adwaenir fel *Learsongs*, yn cynnwys 'Calico Pie', 'The Owl and the Pussycat', 'The Duck and the Kangaroo', 'Uncle Arly' a 'The Pelican Chorus.'

Gwrando pellach:	
Lyn Davies	*Alleluia* (glisandi yn uchafbwynt yr adran ganol), Curiad CD002C
Brian Hughes	*Jonah* (glisando i'r bas ar y diwedd), Black Mountain CDBM323
William Mathias	Consierto i'r Delyn (glisandi bron ar ddechrau a diwedd y trydydd symudiad) Curiad CD002C
William Mathias	*Learsongs*, Sain SCD2082

PROJECT 2

TWM Y DDRAIG

Cerddoriaeth:	Sam Tân
Cyfansoddwyr:	Heneghan a Lawson
Arddull:	Cerddoriaeth ar gyfer rhaglenni teledu i blant 20fed ganrif
Cyfnod allweddol:	Un
Cyswllt cerddorol:	Cerddoriaeth Thema yn portreadu arwr
Nod y dysgu:	Cyfansoddi cerddoriaeth thema ar gyfer cymeriad arwrol
Rhaglen astudio y Cwricwlwm Cenedlaethol:	P1, P3, P4, P5, P6 C2, C3, C4 A1, A3, A4
Adnoddau:	Dewis o offerynnau tiwniedig* ac offerynnau taro di-draw*

Seilir y project hwn ar gerddoriaeth deitl Sam Tân, cymeriad poblogaidd ar deledu plant. Bydd llawer o'r plant yn adnabod y gân yn barod.

1 Gwrandewch gyda'r dosbarth ar gerddoriaeth deitl *Sam Tân*. Bydd nifer o'r plant yn gwybod y gân ac yn barod i ymuno i'w chanu. Dyma eiriau'r gytgan:

"Sam, Sam Tân, canu, canu'r gloch,
Sam, Sam Tân, Sam o Bontypandy
Arwr ein pentre' bach ni."

A yw'r plant yn hoff o'r gân? Ai cân drist neu cân hapus yw hi?
Mae'r geiriau, tempo* a'r rhythmau sbonciog yn ei gwneud hi'n gân
hwyliog a llon - yn union yr un fath â Sam.

2 Ewch ati i gynnal trafodaeth am Sam yr arwr. Beth yw arwr? Pa
bethau dewr fydd Sam yn eu gwneud? Ydy Sam yn hoff o helpu pobl?
Ydy e'n berson caredig? Beth arall rydyn ni'n gwybod amdano?
Gofynnwch i'r plant feddwl hefyd am arwyr eraill o Gymru - rhai o
fyd ffuglen, er enghraifft, Superted, a rhai o gig a gwaed, er
enghraifft Owain Glyndŵr.

3 Cyflwynwch y plant i Twm y Ddraig, arwr ffuglennol a grewyd ar
gyfer y prosiect hwn. Un o deulu o ddreigiau sy'n byw ym Mhentre-
Cwm, rhywle yng nghanol mynyddoedd prydferth Cymru, yw Twm.
Yn ôl ei deulu, mae Twm yn tynnu ar ôl ei hen daid, Twm Hen, y
ddraig ddewraf a welwyd erioed yng Nghymru. Mae llun o Twm Hen
i'w weld ar faner Cymru - ond stori arall yw honno! Mae Twm yn
ddraig dda (gan amlaf) ac mae ganddo ddoniau arbennig - mae'n
hynod o ddewr, ac yn neilltuol o gerddorol. Yn ddiweddar, arwyddodd
Twm gytundeb gyda Theledu Pentre-Cwm sy'n awyddus iawn i
gynhyrchu rhaglen deledu yn olrhain ei anturiaethau. Mae Twm ar
fin bod yn seren!

4 Mae'n rhaid i Twm y Ddraig ysgrifennu cân i gyd-fynd â'i raglen deledu. Cafodd rai syniadau eisoes, ond mae angen help y plant arno er mwyn datblygu'r syniadau hyn. Gan ei fod yn ddraig mor hapus a cherddorol, bydd Twm yn aml yn canu'r gân sy'n dilyn wrth iddo gerdded hwnt ac yma:

"Twm, Twm, Twm, Twm,
    F   E   D   C

Twm, Twm, Twm, Twm."
   F   E   D   C

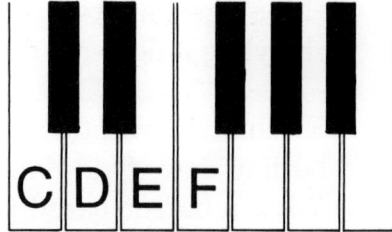

Chwaraewch a chanwch yr alaw hon gyda'r dosbarth. Gadewch i'r plant gerdded wrth iddyn nhw ganu, yn union fel Twm. (Os oes prinder lle, caniatewch i grwpiau bychain ymarfer cerdded a chanu yn eu tro.)

5 Mae nifer o gymeriadau teledu - er enghraifft, Sam Tân, Superted a Postman Pat - yn cynnwys eu henwau ei hunain yn y gerddoriaeth deitl. Mae Twm yn meddwl y dylai'r geiriau sy'n dilyn gael eu defnyddio ar gyfer dwy linell nesaf ei gân:

"Twm y Ddraig,
Twm y Ddraig."

Wedi hyn, mae Twm yn dymuno bod y gân yn dychwelyd at y patrwm cyntaf :

"Twm, Twm, Twm, Twm,
Twm, Twm, Twm, Twm."

Ewch ati i ymarfer geiriau'r gân gyfan gyda'r dosbarth.

6 Rhannwch y dosbarth yn ddau grŵp. Gofynnwch i Grŵp 1 ganu'r patrwm cyntaf:

" Twm, Twm, Twm, Twm,
    F   E   D   C

Twm, Twm, Twm, Twm"
  F   E   D   C

Gofynnwch i Grŵp 2 ateb gyda "Twm y Ddraig, Twm y Ddraig." Ni ddylai hwn fod yn adlais o'r patrwm cyntaf. Caiff ateb y plant ei lefaru i gychwyn, ond anogwch hwy i ddefnyddio lleisiau sionc, llawn cyffro yn hytrach na siant bruddglwyfus! Rhowch gynnig ar ambell gwestiwn ac ateb, yna cyfnewidiwch y grwpiau.

7 A yw'r patrwm cerdded ar y geiriau "Twm, Twm, Twm, Twm" yn mynd i fyny neu i lawr? A yw'r plant yn medru dyfeisio alaw wrthgyferbyniol ar gyfer y patrwm ar y geiriau "Twm y Ddraig"? Un syniad posib fyddai cychwyn ar F neu C (nodau cyntaf ac olaf y patrwm cerdded) a dyfeisio syniad sy'n 'mynd ar i fyny'. Er enghraifft:

	Twm	y	Ddraig
	F	G	A
neu	F	A	F
neu	F	G	F
neu	C	C	F

Defnyddiwch offeryn taro tiwniedig er mwyn cadarnhau yr union nodau mae'r plant yn dymuno'u defnyddio ar gyfer y frawddeg gerddorol. Neu defnyddiwch yr offeryn i awgrymu rhai posibiliadau fyddai'n cynnig dewis i'r plant. Meddyliwch hefyd am rhythm y frawddeg. Gall hwn fod **yn rhythm syth, arferol** (tebyg i rhythm 'Postman Pat' neu 'Sam Tân') **neu'n jaslyd** neu'n sbonciog (fel 'Superted'). Bydd cryn **dipyn yn dibynnu ar** oed a gallu'r plant. Lluniwch sgôr graffig, os **yw hyn o gymorth** i feithrin syniadau'r plant.
Er enghraifft:

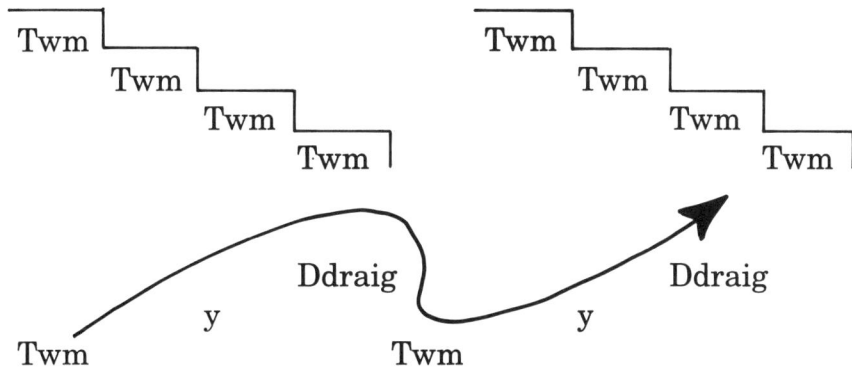

8 Ewch ati i ymarfer y ddau batrwm. Sawl gwaith y dylid ailadrodd y rhain yn y gân? A fedr y plant feddwl am ffordd o ddod â'r gân i ben? Un syniad posib fyddai galw'r geiriau "Twm y Ddraig" yn uchel a gorffen y gân gyda sŵn rhuo, ond mae'n bosib y bydd gan y plant eu hunain well syniadau!

9 Er mwyn ymestyn y cyfansoddiad, gofynnwch i'r plant lunio cerddoriaeth ar gyfer adran 'redeg'. Isod awgrymir geiriau ar gyfer yr adran hon ynghyd â strwythur ar gyfer y gân gyfan:

> Twm, Twm, Twm, Twm,
> Twm, Twm, Twm, Twm,
> Twm y Ddraig,
> Twm y Ddraig,
> Twm, Twm, Twm, Twm,
> Twm, Twm, Twm, Twm,
> Mae o'n helpu pawb trwy'r byd,
> Y ddraig sy'n caru Cymru i gyd,
> Twm y Ddraig, Twm y Ddraig,
> Twm y Ddraig!

Rhowch gynnig ar berfformio'r patrwm cerdded fel cyfeiliant i'r gân gyfan. Efallai y bydd hyn yn well o'i berfformio ar offeryn taro tiwniedig, isel ei draw. Er mwyn cadw'r perfformiad gyda'i gilydd, rhowch gynnig ar dapio rhythm y patrwm cerdded ar dabwrdd neu ddrwm, a rhowch bwyslais ar guriad cyntaf pob grŵp o bedwar curiad. Arbrofwch gydag offerynnau eraill, yn ogystal â lleisiau canu, wrth berfformio alawon y llinellau cyferbyniol.

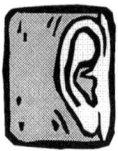

Gwrandewch unwaith eto gyda'r dosbarth ar y recordiad o gân Sam Tân. A yw'r plant yn medru clywed yr alaw dau-nodyn ar gychwyn y gân? Gwrandewch unwaith eto, gan dynnu sylw'r plant at y gytgan. A yw'r plant yn medru clywed yr alaw sy'n mynd 'ar i lawr' ar linell gyntaf a thrydedd linell y gytgan? Meddyliwch hefyd am naws y gân. Mae'r cyfansoddwyr yn llwyddo i greu naws hapus trwy ddefnyddio tempo bywiog a rhythmau sbonciog, er bod rhythm y frawddeg 'Sam Tân' yn rhythm syth, arferol.

Gwybodaeth gefndir ychwanegol
Mae gan nifer o gymeriadau teledu enwau â rhythmau syml, ag iddyn nhw, yn eu tro, alawon syml. Mewn rhai alawon thema, bydd enwau'r cymeriad yn ymddangos ar y cychwyn - fel yn achos Postman Pat. Gydag eraill, daw'r enw yn hwyrach yn y gân, fel yn achos Sam Tân a Twm y Ddraig.

Gwrando pellach:
Alawon thema byd y teledu:
Joshua Jones
Postman Pat
Smot y Ci
Superted
Tomos y Tanc

HWIANGERDD

Cerddoriaeth:	'Si Hei Lwli 'Mabi' o *Ffantasia ar Hwiangerddi Cymreig*
Cyfansoddwr:	Grace Williams (1906 - 1977)
Arddull:	Cerddoriaeth gerddorfaol yr 20fed ganrif
Cyfnod allweddol:	Un
Cyswllt cerddorol:	Awyrgylch ac alaw
Nod y dysgu:	Defnyddio awyrgylch ac alaw hwiangerdd Gymreig yn sail i berfformiad offerynnol byrfyfyr*
Rhaglen astudio y Cwricwlwm Cenedlaethol:	P1, P3, P4 C1, C2, C3, C5 A1, A3, A4, A5
Adnoddau:	Babi dol (mewn siôl os yn bosib) Rhai offerynnau taro tiwniedig* - nodau F, G ac A

Seilir y project hwn ar yr hwiangerdd hyfryd, ond syml honno, 'Si Hei Lwli.' Pedwar nodyn gwahanol yn unig a ddefnyddir yn yr alaw (F, G, A a C), a dim ond tri (F, G ac A) yn yr hanner gyntaf. Yn nhrefniant Grace Williams o'r gân, caiff yr alaw ei chwarae gan y ffliwt ac fe ddilynir pob llinell gan batrwm crychdonnog, cyflymach, ar y clarinét. Y syniad hwn fydd sail y cyfansoddi byrfyfyr pan fydd y plant yn gwybod y gân.

Cyn cychwyn ar y project, dysgwch ganu 'Si Hei Lwli'. Defnyddiwch y dyfyniad i'ch cynorthwyo - gwrandewch ar yr alaw ar y ffliwt, yna canwch gyda hi.

Dyma'r geiriau:

Si hei lwli, 'mabi
Mae'r llong yn mynd i ffwrdd,
Si fy mabi, lwli
Mae'r capten ar y bwrdd.
Si hei lwli lwli lws,
Cysga, cysga 'mabi tlws,
Si hei lwli, 'mabi
Mae'r llong yn mynd i ffwrdd.

1 Canwch 'Si Hei Lwli' i'r dosbarth. Yn ddelfrydol, dylai'r plant eich clywed yn canu'r gân yn ddigyfeiliant, gan ei bod yn alaw sy'n deillio o'r traddodiad gwerin llafar, ond os ydych yn teimlo braidd yn anghysurus ynghylch hyn, canwch yr alaw i gyfeiliant y recordiad.

2 Gan ddal dol wedi ei lapio mewn siôl, gofynnwch am gyngor y plant ynglŷn â sut y dylid cysuro'r babi. Beth fedrech chi ei wneud i helpu'r babi gysgu? Pe baech yn dewis canu, sut ddylech chi ganu? Beth ddylech chi ganu? Er enghraifft, mae'n bosib y gallech chi naill ai hymian i'r babi, canu "la, la, la" neu lunio geiriau syml eich hun. Gofynnwch i nifer o blant yn eu tro i ddal y babi a chanu eu halaw fechan nhw eu hunain iddo/iddi. Bydd rhaid i rai o'r plant aros tan y tro nesaf y bydd angen cael y babi i gysgu! Esboniwch bod mamau a thadau ar draws y byd, ers cyn cof, wedi bod yn llunio alawon i'w canu i'w plant. Mae 'Si Hei Lwli' yn hen gân Gymreig. Daliwch y babi a gofynnwch i'r plant wrando wrth i chi ganu'r alaw. Canwch y gân unwaith eto. A fedr y plant eich cynorthwyo trwy hymian yr alaw mor dawel ag y medrant?

3 Dysgwch 'Si Hei Lwli' fesul llinell i'r dosbarth. Yn achos plant iau, efallai y carech ddysgu'r bedair llinell gyntaf yn unig am y tro, gan y bydd y plant yn dod i gofio gweddill y gân yn raddol wrth iddyn nhw ei chlywed drosodd a thro. Wedi'r cyfan, dyma sut y cafodd alawon gwerin eu trosglwyddo o genhedlaeth i genhedlaeth i ni! Defnyddiwch offeryn er mwyn taro'r nodyn F. Ar y nodyn hwn mae'r gân yn cychwyn.

F	G	A	A	G	F
Si	hei	lw -	li	'ma -	bi

F	A	A	G	F	G
Mae'r llong	yn	mynd i	ffwrdd

F	G	A	A	G	F
Si	fy	'ma -	bi	lw -	li

F	A	F	G	A	F
Mae'r	cap -	ten	ar	y	bwrdd

F	G	A	A	C	A	G
Si	hei	lw -	li	lw -	li	lws

F	G	A	C	A	F	G
Cys -	ga	cys -	ga	'ma -	bi	tlws

F	G	A	A	G	F
Si	hei	lw -	li	'ma -	bi

F	A	F	G	A	F
Mae'r	llong	yn	mynd	i	ffwrdd

4 Pan fydd y plant yn gwybod y gân yn dda, trefnwch ẏ dosbarth ar lun cylch yn barod i chwarae gêm gerddorol. Gosodwch dri clochfar, - nodau F, G ac A - a ffyn taro yn y canol. Gofynnwch i'r plant ganu pedair llinell gyntaf 'Si Hei Lwli'. Gofynnwch i'r plant 'fagu' y ddol tra bydd un llinell yn cael ei chanu cyn estyn y ddol ymlaen i'r plentyn nesaf, gan gadw amser i'r gerddoriaeth. A fedr y plentyn sy'n dal y babi ar ddiwedd y pedair llinell berfformio'n fyrfyfyr ar y clochfarau? Bydd y plant yn awyddus i ailadrodd y gêm nifer o weithiau, felly yn raddol cyflwynwch ambell glockenspiel a seiloffonau (wedi i chi dynnu pob nodyn, ac eithrio F, G ac A) er mwyn rhoi dewis ehangach i'r plant. Ceisiwch osod y ffon daro gywir ochr yn ochr â'r offeryn dan sylw, ac enwch bob offeryn a ddewisir gan bob plentyn. Rhowch gyfle i bob plentyn gyfansoddi'n fyrfyfyr ac anogwch hwy i drafod y seiniau sy'n cael eu cynhyrchu. Pa offeryn yw'r gorau am gynhyrchu sain ddistaw? Pa mor dawel gall y plant berfformio? Beth ddylai'r plant ei wneud er mwyn tawelu neu gryfhau'r sain? Peidiwch â deffro'r babi!

5 Chwaraewch y gêm gerddorol hon unwaith eto, a'r tro hwn tynnwch sylw'r plant at strwythur a thraw. A ydyn nhw'n gallu creu alaw y medran nhw ei hailadrodd? (Alawon byr yw'r rhai gorau yn yr achos hwn!) A fedran nhw lunio alaw fyrfyfyr sy'n 'codi'? Alaw sy'n 'disgyn'? Alaw sy'n 'codi ac yn disgyn'?

6 Yna, gofynnwch i'r plant berfformio'n fyrfyfyr fesul pâr neu'n unigol yn y cornel cerdd. Cofiwch - dim ond tri nodyn sydd eu hangen - F, G ac A. Bydd angen amser ar y plant i archwilio a rhannu syniadau. Efallai y bydd ambell un yn medru dyfeisio patrwm byr a'i ddysgu i ddisgybl arall, tra bydd eraill yn gallu cynnal sgwrs gerddorol gan ddefnyddio dau offeryn.

7 Gan weithio unwaith eto fel dosbarth cyfan, dewiswch ddau neu dri phlentyn i ffurfio grŵp offerynnol. Gofynnwch i'r plant i gyd-ganu 'Si Hei Lwli', gan aros am ychydig eiliadau ar ddiwedd pob llinell er mwyn i'r grwp offerynnol gael cyfle i berfformio yn fyrfyfyr. Dylai pawb gael gwneud hyn yn eu tro, er mwyn iddynt gael y cyfle i ganu a pherfformio ar eu hofferynnau.

Gofynnwch i'r plant orwedd ar y carped a chau eu llygaid, yna gwrandewch unwaith eto ar drefniant Grace Williams o 'Si Hei Lwli'. Mae dull y project o drin yr alaw yn agos iawn i'r trefniant cerddorfaol. A fedr y plant glywed yr alaw yn cael ei chanu gan y ffliwt a'r perfformio 'byrfyfyr' ar y clarinét? A yw cymeriad y gân (h.y. ei hawyrgylch lonydd a'i symylrwydd) yn addas ar gyfer suo babi i gysgu?

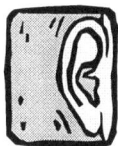

Gwybodaeth gefndir ychwanegol
Mae etifeddiaeth gyfoethog o alawon gwerin gan Gymru, alawon a drosglwyddwyd o genhedlaeth i genhedlaeth dros y canrifoedd. Yn wreiddiol, bwriadwyd iddynt gael eu canu'n ddigyfeiliant, ond ysbrydolwyd nifer o gyfansoddwyr i fynd ati i'w trefnu mewn sawl arddull wahanol ar gyfer unawdwyr a chorau, a gyda chyfeiliant yn aml. Aeth eraill ati i gyfansoddi cerddoriaeth offerynnol yn seiliedig ar yr alawon hyn. Diolch i ymdrechion diflino llawer o gasglwyr, cofnodwyd geiriau a cherddoriaeth nifer o alawon gwerin, er mwyn sicrhau na fyddent yn mynd yn angof. Casglwyd 'Si Hei Lwli' gan J Lloyd Williams yn ardal y Sarn, Penrhyn Llŷn, Gwynedd.

Parhaodd Grace Williams i deimlo rhyw hoffter arbennig tuag at ei *Ffantasia ar Hwiangerddi Cymreig*. Mae'r gwaith yn cynnwys trefniannau o wyth alaw draddodiadol - 'Jim Cro', 'Deryn y Bwn', 'Migldi Magldi', 'Si Hei Lwli', 'Gee Geffyl Bach', 'Cysga di fy mhlentyn tlws', 'Yr eneth ffein ddu' a 'Cadi Ha!'

Gwrando pellach:

Ogam	*Caneuon Gwerin Cymrus*, Curiad CD001C
Elinor Bennett	*Telynau a Chân,* Sain SCD 4041
Alun Hoddinott	*Pedair Dawns Gymreig,* EMI HSD 2739
William Mathias	*Pedair Cân Werin Gymreig,* CDBM3213
Ar Log	Cyfrol Vl, Sain SCD 2119
Grace Williams	*Ffantasia ar Hwiangerddi Cymreig*, Lyrita SRCD 323
Johannes Brahms	*Wiegenlied (Sigl Gân)*

BRASGAMWCH!

Cerddoriaeth:	*Gwŷr Harlech*
Cyfansoddwr:	Traddodiadol
Arddull:	Cerddoriaeth band pres
Cyfnod allweddol:	Un
Cyswllt cerddorol:	Curiad*
Nod y dysgu:	Cyfansoddi cerddoriaeth gyda churiad rheolaidd, addas ar gyfer gorymdeithio
Rhaglen astudio y Cwricwlwm Cenedlaethol:	P4, P5, P6
	C1, C2, C3, C4
	A1, A3, A4, A5
Adnoddau:	Offerynnau taro tiwniedig* a rhai di-draw*

Mae curiad rheolaidd yn hanfodol yn y rhan fwyaf o gerddoriaeth. Ffordd effeithiol o ddatblygu ymwybyddiaeth y plant o guriad yw trwy ddefnyddio symudiadau. Mae eistedd yn oddefol a disymud tra'n gwrando ar ddarnau ag iddynt guriad cryf yn dasg ddigon anodd.

1 Eisteddwch gyda'r dosbarth mewn cylch a gofynnwch i'r plant wylio'n graff gan efelychu symudiadau eich corff. Dechreuwch trwy guro dwylo i guriad rheolaidd. Dywedwch wrth y plant am ymuno yn y gweithgaredd pan fyddan nhw'n barod. Pan fydd y mwyafrif yn curo dwylo ac yn cadw amser gyda chi, newidiwch symudiad eich corff. Er enghraifft, tapiwch eich pengliniau gyda'ch dwy law.

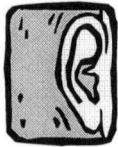

Dylai'r curiad rydych yn ei dapio fod yn union yr un fath â'r curiad y buoch yn ei guro â'r dwylo. Yna, rhowch gynnig ar yr un gweithgaredd tra'n gwrando ar y recordiad o *Gwŷr Harlech* - dylai'r plant ymuno gyda'r band pres. Mae cyfle i chi ymbaratoi yn ystod y rhagarweiniad, pryd y gosodir y tempo* gan y drwm sy'n agor y darn. Tynnwch sylw'r plant at bwysigrwydd cadw amser gyda'r curiad yn hytrach na churo dwylo yn rhy uchel! Hefyd, anogwch nhw i guro dwylo mewn dull 'cerddorol' - gofynnwch i'r plant gadw bysedd eu llaw flaenaf yn agos at ei gilydd, gan daro'u bysedd ar draws cledr y llaw arall. A yw'r plant yn teimlo eu bod yn rhan o'r band?

2 Mae gorymdeithio i gerddoriaeth o gymorth i bobl gadw amser a symud gyda'i gilydd. Rhowch gynnig ar rai symudiadau de-chwith - i ddechrau gofynnwch i'r plant daro'u penglin chwith ac yna'r dde yn ysgafn bob yn ail, gan symud ymlaen wedyn at orymdeithio yn yr unfan. Dylid ymarfer gorymdeithio heb y gerddoriaeth i gychwyn - bydd ailadrodd y geiriau 'de, chwith, de, chwith' o gymorth. Yna, gofynnwch i'r plant fartsio yn yr unfan i gyfeiliant y gerddoriaeth. Arhoswch am y rhagarweiniad ar yr offerynnau taro di-draw cyn cychwyn martsio.

3 Adroddwch stori *Gwŷr Harlech* wrth y plant. Mae'r gân yn adrodd hanes y gwarchae ar gastell Harlech, ym Meirionnydd, yn y flwyddyn 1468. Er hynny, credir yn aml mai cân yn sôn am orymdeithio i frwydr yw hon. Dangoswch lun y castell i'r dosbarth. Mae'r adeiladwaith yn un cadarn, a'r castell ei hun wedi ei leoli ar ben craig, ac oherwydd hynny, mewn safle anodd i'w ysbeilio.Yn ystod Rhyfel y Rhosynnau ceisiodd Dafydd ap Jevan a'i filwyr amddiffyn y castell rhag grym y fyddin gref a anfonwyd gan y Brenin Edward IV. Maes o law, fodd bynnag, gorfodwyd Dafydd a'i ddynion i ildio ar ôl dioddef gwarchae hir a chwerw.

4 A fedr y plant gyfansoddi ymdeithgan ar gyfer y milwyr? Dylai curiad cadarn, rheolaidd nodweddu cyfansoddiad y plant, er mwyn cynorthwyo'r milwyr i gyd-gamu. Dewiswch grŵp o blant i chwarae rhan y milwyr. Defnyddio'u traed a martsio yn yr unfan fydd eu tasg hwy. Dewiswch grŵp arall o filwyr. Taro'u pengliniau - de, chwith, de, chwith - gan gadw amser i rhythm yr orymdaith fydd y dasg i'r rhain. Caiff gweddill y plant berthyn i'r trydydd grŵp. Eu camp hwy fydd perfformio patrwm de-chwith ar offerynnau taro tiwniedig gan ddefnyddio unrhyw rai o'r nodau canlynol - C E a G. Dylai bod gan y plant yn Grŵp 3 ddwy ffon daro yr un - defnyddier ffon daro'r llaw chwith i seinio'r nodyn isaf.

Dyma enghreifftiau o batrymau sy'n defnyddio dau nodyn:

C	G	C	G		neu		E	G	E	G
ch	d	ch	d				ch	d	ch	d

Dyma enghreifftiau o batrymau sy'n defnyddio tri nodyn:

C	G	E	G		neu		C	G	C	E
ch	d	ch	d				ch	d	ch	d

Os oes angen i chi reoli'r tempo, yna chwaraewch guriad arafach ar ddrwm neu dabwrdd. Er enghraifft: 'chwith — chwith — chwith —' etc. Efallai hefyd yr hoffech chi ychwanegu rhagarweiniad byr gan ddefnyddio offer taro di-draw, fel ar y recordiad.

5 Newidiwch y grwpiau. Mewn gwirionedd mae'r plant ym mhob un o'r tri grŵp, yn cynnal yr un patrwm, felly fe ddylen nhw fedru trosi o'r naill weithgaredd i'r llall yn gymharol ddi-ffwdan.

6 Er mwyn cadarnhau dealltwriaeth y plant o'r hyn a olygir wrth 'curiad', trefnwch i'r plant weithio mewn parau. A fedr un plentyn gyfansoddi'n fyrfyfyr* ar gyfer gorymdaith ar offeryn tiwniedig neu offeryn di-draw, tra bo'r plentyn arall yn cymryd arno ei fod yn filwr tegan? Dim ond pan fydd ef neu hi yn clywed y gerddoriaeth y bydd y milwr yn symud. Anogwch y plentyn sy'n defnyddio'r offeryn i arbrofi gyda chamau araf, mannau dechrau a diweddu, yn ogystal â cherddoriaeth orymdeithio arferol.

7 Nawr, ewch ati i gwblhau'r cyfansoddiad dosbarth-cyfan, trwy ei ymarfer a'i adolygu. Mae'n bosib yr hoffech ychwanegu ambell beth hwnt ag yma. Er enghraifft, rhowch gynnig ar ychwanegu drôn* trwy seinio'r nodau C a G ar seiloffon bas. (Defnyddiwch yr un rhythm â'r un a awgrymwyd ar gyfer y tabwrdd). Neu ceisiwch ychwanegu ostinato* ar offerynnau taro di-draw, -   efallai y gall y plant feddwl am eiriau addas fyddai o help; er enghaifft, " Mil-wyr mar-wol". Arbrofwch gyda seiniau a ddarganfuwyd gan y plant - er enghraifft, darnau arian mewn blwch cardfwrdd - i gyfleu cloncian yr arfau a'r arfwisgoedd dur. Gallech hefyd roi cynnig ar ychwanegu rhythm cyflymach ar glockenspiel gan ddefnyddio'r nodau C, D, E, F a G.

8 Recordiwch gyfansoddiad y dosbarth ar dâp. A fedr y plant deimlo'r curiad rheolaidd? A yw'r gerddoriaeth yn addas ar gyfer gorymdeithio? Rhowch brawf ar hyn trwy ofyn i grwpiau o blant fartsio i'r recordiad o'u cerddoriaeth, tra bod y lleill yn gwerthuso'r canlyniad. Beth am deitl addas i'r cyfansoddiad?

Gwrandewch unwaith eto ar y recordiad o *Gwŷr Harlech*. Beth yw amcan yr adran ragarweiniol ar y drymiau? Gosod y naws a'r tempo yw'r nod, ac fe'i clywir unwaith eto ar ddiwedd y detholiad. Sawl gwaith y caiff y brif alaw ei hailadrodd? Sylwch ar y disgyniad tebyg i ffanffer sydd i'w glywed ym mhob ailadroddiad. Gwrandewch unwaith eto am drwst y symbalau a churiad pwerus y drwm bas. Sylwch ar ran y trwmped sydd ar lun ffanffer ychwanegol sydd wedi ei britho hwnt ag yma gan y brif alaw.

Gwybodaeth gefndir ychwanegol

Yr ymdeithgan yw un o'r ffurfiau cerddorol cynharaf. Ceir pedwar math o ymdeithganau militaraidd: angladdol, araf, cyflym a chyflym dwbl. Ymdeithgan gyflym yw *Gwŷr Harlech*. Mae'r gân i'w chlywed mewn nifer o fersiynau amrywiol ac mae'n dal yn boblogaidd gyda chorau yn ogystal â bandiau. Weithiau, caiff *Gwŷr Harlech* ei pherfformio fel cerddoriaeth orymdeithio mewn seremonïau, ac fe fydd y gynulleidfa yn cadw amser trwy guro dwylo!

Gwrando Pellach:	
Georges Bizet	'Marche' allan o *Jeux d'enfants*
Sergei Prokofiev	'Ymdeithgan' allan o *Love of Three Oranges*
Camille Saint-Saëns	'Ymdeithgan frenhinol y Llewod' allan o *Carnifal yr Anifeiliaid*
J P Sousa	*The Stars and Stripes,* Liberty Bell, King Cotton
Johann Strauss I	*Ymdeithgan Radetzky*
Band Pres Cenedlaethol Ieuenctid Cymru	*Celebration Concert,* Amadeus AMS 005

HIR A BYR

Cerddoriaeth:	'Cantata Mundi' o *Adiemus II*
Cyfansoddwr:	Karl Jenkins (1944 -)
Arddull:	Cerddoriaeth gerddorfaol/leisiol yr 20fed ganrif
Cyfnod allweddol:	Un
Cyswllt cerddorol:	Hir a byr
Nod y dysgu:	Archwilio seiniau hir a byr trwy gyfansoddi byrfyfyr*
Rhaglen astudio y Cwricwlwm Cenedlaethol:	P2, P4
	C1, C3, C5
	A1, A2, A3
Adnoddau:	Amrywiaeth o offerynnau taro - un ar gyfer pob plentyn, 2 gylchyn ('hoop')

Mae'r project hwn yn cychwyn gyda thri gweithgaredd byr (camau 1 i 3) a doeth fyddai eu hailadrodd nifer o weithiau mewn gwahanol sesiynau. Bydd y gweithgareddau hyn yn paratoi'r plant ar gyfer y dasg o lunio cyfansoddiadau dosbarth-cyfan gan ddefnyddio seiniau hir a byr. Mae'r holl weithgareddau yng nghamau 1 i 6 yn ymwneud â chynhyrchu un nodyn yn unig ar offeryn a gwrando ar ei barhad naturiol. Ni chyflwynir technegau perfformio fydd yn rheoli parhad offeryn tan gam 7.

1 Cychwynnwch trwy chwarae gêm gerddorol gan ddefnyddio offerynnau tiwniedig a rhai di-draw.* Eisteddwch gyda'r dosbarth ar ffurf cylch a llafarganwch y rhigwm canlynol gyda'r disgyblion, gan ymestyn y gair 'hir' er mwyn ffurfio sain hir:

"Pa fath sain yw hon?
A yw'n fyr neu'n hir?"

Dewiswch un offeryn a chynhyrchwch un sain arno. Er enghraifft, dewiswch glafiau, drwm neu seiloffon er mwyn cynhyrchu sain fer, a chlychau, triongl neu clochfar er mwyn cynhyrchu sain hir. Gofynnwch i'r plant wrando'n astud ac aros hyd nes bod y sain wedi tewi'n gyfangwbl cyn ateb yn cwestiwn. Wedi ailadrodd y gweithgaredd nifer o weithiau, rhowch gynnig ar chwarae'r gêm unwaith eto, a'r tro hwn gofynnwch i'r plant ddewis a pherfformio ar yr offerynnau.

2 Dewiswch dri neu bedwar offeryn; enwch yr offerynnau a chanwch nhw i'r dosbarth. Nawr ewch ati i ganu'r offerynnau, un ar y tro, o'r tu ôl i sgrîn. A yw'r plant yn medru canfod p'un ai yw'r sain yn un hir neu'n un fer? A yw'r plant yn medru adnabod yr offeryn mae'n nhw'n ei glywed? Perfformiwch y seiniau byr yn gyntaf, yna'r seiniau hir i gyd, cyn rhoi cynnig ar gyfres cymysg.

3 Estynnwch un offeryn o'r naill berson i'r llall o amgylch y cylch a gofynnwch i'r plant gynhyrchu seiniau hir neu seiniau byr. Cyflwynwch offerynnau ychwanegol pan fydd y dosbarth yn barod, gan ddangos yn gyntaf sut y dylid dal a chanu'r offeryn yn gywir. Gosodwch y ddau gylchyn ynghanol y cylch a dosbarthwch yr offerynnau yn ddau grŵp - yr offerynnau hynny sy'n cynhyrchu seiniau hir a'r rhai hynny sy'n cynhyrchu seiniau byr.

4 Gan barhau i eistedd mewn cylch, rhowch offeryn taro i bob plentyn. Os yw'n bosib, ceisiwch gyfyngu ar nifer y gwahanol fathau o offerynnau. Cychwynnwch trwy adolygu'r dechneg gywir o ganu pob offeryn. Er enghraifft, gofynnwch i'r holl ddisgyblion hynny sydd â chlafiau i berfformio gyda'i gilydd, yna pob un sydd â thamborîn. Gwnewch yn siŵr bod y plant yn gwybod sut i gadw eu hofferynnau'n dawel yn ogystal â sut i'w canu!

Rhowch gynnig ar greu cyfansoddiad ar y cyd gyda'r dosbarth cyfan gan ddefnyddio seinau hir a seiniau byr. Gofynnwch i un plentyn ganu ei offeryn tra bod y gweddill yn gwrando. Pan fydd y sain wedi tewi'n naturiol, caiff y plentyn sy'n eistedd nesaf yn y cylch ganu ei offeryn. Parhewch â'r patrwm hwn wrth fynd o amgylch y cylch. Mae'r gweithgaredd hwn yn galw am ganolbwyntio manwl a rheolaeth. Cynhyrchu darn di-fwlch o gerddoriaeth yw'r nod, hynny yw, gyda'r toriad byrraf posib rhwng pob offeryn, ond heb fod y sain yn gorgyffwrdd. Bydd angen i'r plant gael eu hofferynnau wrth law, yn barod i berfformio, ac os oes angen, ffyn taro hefyd, gan y bydd codi offerynnau gaiff eu dal â'r dwylo yn debygol o greu sain ac ymestyn y seibiant. Os yw'r plant yn cael trafferth i reoli'r offerynnau, rhannwch y dosbarth yn grwpiau llai, yn cynnwys chwech, dyweder. Bydd angen llecyn distaw iawn i'r plant weithio ynddo.

5   Yna, rhowch gynnig ar gyfansoddiad arall ar y cyd gyda'r dosbarth cyfan. Unwaith eto, bydd angen offeryn taro ar bob plentyn. A oes modd i'r plant ymrannu'n ddau grŵp - y rhai hynny sydd ag offerynnau sy'n cynhyrchu seiniau hir, a'r rhai hynny sy'n cynhyrchu seiniau byr? Eglurwch sut y gellir cynhyrchu darn dosbarth-cyfan trwy ddefnyddio arwyddion dwylo i nodi pa grŵp sydd i chwarae. Gofynnwch i'r plant gymryd eu tro i chwarae rôl yr arweinydd/cyfansoddwr. Dull arall o arwain y gerddorfa yw dyfeisio symbolau fydd yn cynrychioli hir a byr, a'u nodi ar ddwy garden. Bydd yr arweinydd wedyn yn dangos y cardiau yn y drefn y bydd ef/hi yn dymuno eu clywed. Gwnewch yn siŵr bod yr arweinydd yn caniatáu i'r seiniau hir ddirwyn i ben yn naturiol cyn arwyddo y dylai'r sain nesaf gychwyn.

6   Er mwyn galluogi'r plant i gadarnhau eu dealltwriaeth o 'hir' a 'byr', casglwch ynghyd amrywiaeth o offerynnau a rhai pethau y cafwyd hyd iddynt ar gyfer y cornel cerdd. Gadewch i'r plant archwilio parhad amrywiol eu seiniau.

7   Pan fydd mwyafrif y plant yn medru gwahaniaethu rhwng hir a byr, dewiswch un offeryn addas ar gyfer cynhyrchu sain hir. Gwnewch y dasg yn fwy cymhleth trwy arddangos sut y gellir cynhyrchu sain fer gyda'r offeryn hwn. Er mwyn gwneud hyn, bydd angen i chi rwystro'r sain rhag dirgrynu. Er enghraifft, canwch un nodyn ar glochfar neu glockenspiel, gan fownsio'r ffon daro yn y dull arferol, ond yna gwanychwch y sain gyda'ch bys. Neu, rhowch drawiad i ymyl allanol triongl, yna daliwch yr offeryn rhwng eich bys a'ch bawd er mwyn rhoi taw ar y sain. I ddilyn, dewiswch offeryn 'byr'; tambwrîn, er enghraifft. A fedr y plant ddod o hyd i wahanol ddulliau o ganu'r offeryn hwn er mwyn cynhyrchu sain hir? Efallai y byddan nhw'n penderfynu ysgwyd y tambwrîn neu 'dynnu llun' cylchoedd neu dapio'u bysedd ar y croen. Pan fydd y dosbarth wedi darganfod nifer o dechnegau, estynnwch y tambwrîn o gwmpas y cylch a gofynnwch i'r plant berfformio patrwm o seiniau hir a byr pan ddaw eu tro hwy ar yr offeryn. Mae'n bosib y carech ymestyn y gweithgaredd hwn trwy ganiatáu i'r plant weithio mewn parau yn y cornel cerdd, gyda dewis o offerynnau.

8 Ewch ati i geisio cyfansoddi darn lleisiol ar y cyd gyda'r dosbarth cyfan gan ddefnyddio seiniau hir a byr. Eisteddwch gyda'r dosbarth (ar gadeiriau os yn bosib) mewn cylch canu. A fedr pob plentyn yn ei dro ganu nodyn byr i 'la'? Yna, a yw pob plentyn yn ei dro yn medru canu nodyn hir i 'la'? Wedyn, a fedr y plant gynhyrchu seiniau hir a byr bob yn ail, gan ddefnyddio nodyn unigol neu grŵp o nodau?

9 Ewch yn ôl at y symbolau ysgrifenedig sy'n dynodi hir a byr a luniwyd yn cam 5. Defnyddiwch y rhain i gyfansoddi darn dosbarth cyfan ar gyfer lleisiau neu leisiau ac offerynnau.

10 Dewiswch ddyfyniad byr o alaw gyfarwydd; er enghraifft, chwe nodyn cyntaf *Dacw Mam yn dwad*. Gofynnwch i'r dosbarth ganu'r nodau, yn gyntaf mewn dull cwta, byr (*staccato*) ac yna'n dilyn mewn dull hir a llyfn, heb unrhyw doriadau (*legato*). Meddyliwch am ddyfyniadau eraill ac ewch ati i ymarfer canu gan ddefnyddio'r dulliau hyn, gan ddefnyddio'r geiriau yn gyntaf ac yna seiniau llafariaid.

Gwrandewch gyda'r dosbarth ar y dyfyniad allan o *Adiemus II* gan Karl Jenkins. Gwrandewch ar y thema sy'n cael ei chwarae gan y llinynnau. Mae hon yn cynnwys pedwar nodyn byr a dau nodyn hir (- - - - — —). A fedr y plant ddarlunio'r gerddoriaeth trwy symudiadau - er enghraifft, cymryd camau byrion a bras gamau hirion i gyfateb y nodau byr a'r nodau hir a glywsant? Efallai y carech ymarfer hyn trwy chwarae'r rhythm ar dambwrîn. (Tapiwch y tambwrîn gyda'ch bysedd ar gyfer y nodau byr a'i ysgwyd ar gyfer y nodau hir.) Gwrandewch unwaith eto. A yw'r plant yn medru cyfrif sawl gwaith y clywir y patrwm hwn? Gwrandewch hefyd ar y defnydd o nodau byr yng nghyfeiliant rhythmig diddorol yr offer taro. A yw'r plant hefyd wedi sylwi bod alaw y llais yn cynnwys nodau byr pan yw'n ymddangos am y tro cyntaf, ond pan gaiff ei hailadrodd defnyddir nodau hir?

Gwybodaeth gefndir ychwanegol

Ganwyd Karl Jenkins ym Mhenclawdd, Bro Gŵyr yn Ne Cymru. Dechreuodd astudio'r piano pan oedd yn 6 oed ac aeth ymlaen i astudio cerddoriaeth 'glasurol'. Cynyddodd ei ddiddordeb mewn *jazz*, a bu'n gweithio gyda Ronnie Scott, ymhlith eraill, ac ef oedd un o aelodau gwreiddiol 'Nucleus' cyn iddo ymuno â 'Soft Machine' a fu'n perfformio cerddoriaeth oedd yn amrywio'n fawr o ran arddull.

Yn ddiweddar profodd gryn dipyn o lwyddiant yn ei waith fel

cyfansoddwr cerddoriaeth ar gyfer hysbysebion a ffilmiau. Rhyddhawyd *Adiemus - Songs of Sanctuary* yn Ebrill 1995 ac *Adiemus II* yn Chwefror 1997. Mae'r ddau waith hwn wedi cyrraedd brig y siartiau clasurol ac maent i'w gweld yn siartiau'r recordiau hir mewn nifer o wledydd.

Gwrando pellach:

Ludwig van Beethoven	Adran agoriadol Symffoni Rhif 5 (- - - — - - - —)
Karl Jenkins	*Adiemus I, Adiemus II*
Jacques Offenbach	'Can can' allan o *Orpheus in the Underworld*
Camille Saint-Saëns	'Crwbanod' allan o *Carnifal yr Anifeiliaid* (trefniant o 'Can can' Offenbach)

MIGLDI MAGLDI

Cerddoriaeth:	*Migldi Magldi*
Cyfansoddwr:	Dyfyniad 1 - Traddodiadol
	Dyfyniad 2 - Grace Williams
	(1906 - 1977)
Arddull:	Dyfyniad 1 - Cerddoriaeth Werin
	Dyfyniad 2 - Cerddoriaeth gerddorfaol
	yr 20fed ganrif
Cyfnod allweddol:	Un
Cyswllt cerddorol:	Strwythur
Nod y dysgu:	Adnabod a dyfeisio brawddegau trwy
	ddefnyddio cwestiwn ac ateb
Rhaglen astudio y	
Cwricwlwm Cenedlaethol:	P1, P3, P4, P5
	C1, C2, C3
	A1, A3
Adnoddau:	Offer taro di-draw*

Nod y project hwn yw i'r plant ddeall y synaid o 'gwestiwn ac ateb' mewn cerddoriaeth. Mae'r nodwedd hon i'w chlywed yn y ddau drefniant o'r gân werin Gymreig *Migldi Magldi*.

1 Eisteddwch gyda'r dosbarth mewn cylch, a dechreuwch gynnal curiad rheolaidd trwy daro'ch pengliniau yn ysgafn â'ch dwylo. Gwahoddwch y plant i ymuno â chi pan fyddant yn teimlo'n barod. Newidiwch y curiad i rhythm o guriadau hir a byr. Bydd angen i'r plant wrando a gwylio'n graff er mwyn medru eich dilyn chi pan fyddwch yn newid y patrwm. Cadwch at syniadau syml. Rhowch gynnig ar wahanol fathau o symudiadau taro'r corff* er enghraifft, curo dwylo, tapio bodiau'r traed, ac yn y blaen.

2 Gan barhau i weithio gyda symudiadau taro'r corff, chwaraewch gêm adleisio. Dechreuwch trwy roi pedwar curiad i'r plant i'w hefelychu, er mwyn sefydlu'r cynllun adleisio. Bydd geiriau ac arwyddion o gymorth:

Athro yn unig:	"Hwn	yw	'nhro	i "
	CLAP	CLAP	CLAP	CLAP
Athro:	"Nawr,	eich	tro	chi"
	(codi cledrau'r dwylo at y dosbarth)			
Plant:	CLAP	CLAP	CLAP	CLAP

Defnyddiwch frawddegau pedwar curiad o hyd a chadwch at yr un rhan o'r corff oddi mewn i bob rhythm.
Dyma rai enghreifftiau (— = hir, . . = byr):

	1	2	3	4
Enghraifft 1:	—	—	. .	—
Enghraifft 2:	—	. .	—	—
Enghraifft 3:	—	. .	. .	—

Dylai'r dosbarth adleisio eich rhythm yn syth, gan gadw'r curiad yn rheolaidd. Does dim rhaid i chi feddwl am rhythm newydd bob tro - ailadroddwch syniadau mwy anodd er mwyn cynnig mwy nag un cyfle i'r plant.

3 Yna, chwaraewch gêm adleisio arall, gan ddefnyddio seiniau lleisiol y tro hwn. Er enghraifft:

	1	2	3	4
Enghraifft:	Dw	Dw	Dw-bi	Dw
	—	—	. .	—

Dyma rai seiniau lleisiol arall: 'ba', 'ha', 'na', 'mi', a.y.b.

4 Wedyn, chwaraewch gemau adleisio gan ddefnyddio offer taro di-draw. A fedr y plant awgrymu ffyrdd o ddosbarthu'r offerynnau mewn grŵp fel eich bod yn medru gofyn i un grŵp ar y tro adleisio'ch rhythm chi?

5 Ewch ymlaen â'r gêm trwy rannu'r dosbarth yn dri grŵp: lleisiol, symudiadau taro'r corff ac offer taro di-draw. Meddyliwch am un syniad i'w adleisio gan bob un o'r grwpiau. Er enghraifft:

Syniad	Adlais (grŵp 1)	Syniad	Adlais (grŵp 2)	Syniad	Adlais (grŵp 3)

33

Cadwch at yr un syniad i gychwyn, er mwyn i'r plant fedru adleisio'n fanwl gywir a chadw curiad rheolaidd. Pan fyddwch yn teimlo'n fwy mentrus, taflwch y syniad o'r naill grŵp i'r llall yn ei dro. Er enghraifft:

Syniad	Adlais 1	Adlais 2	Adlais 3

6 A yw'r plant yn medru awgrymu rhythmau i'w hadleisio? Mae enwau a geiriau sy'n deillio o bwnc trafod y dosbarth yn ffynhonnell ddefnyddiol wrth chwilio am syniadau rythmig. Byddai geiriau sy'n cychwyn gydag acen cryf yn addas yn y fan hon; er enghraifft, 'Bethan Jones'.

7 Ewch yn eich blaen trwy ganiatáu i'r plant arbrofi gydag adleisiau mewn parau. Paratowch gardiau gwaith yn cynnwys rhai o'r geiriau a ddefnyddiwyd yn cam 6. Efallai y bydd rhai plant yn ei chael hi'n haws os bydd lluniau hefyd ar y cardiau.

8 Wedi'r cyfnod o arbrofi gydag adleisiau, cyflwynwch y syniad nesaf - cwestiwn ac ateb. Defnyddiwch frawddegau pedwar curiad o hyd, fel o'r blaen, ond cymhellwch y plant i lunio atebion sy'n wahanol i'r cwestiwn. Gweithiwch fel dosbarth cyfan i gychwyn, a gwerthuswch yr ymatebion unigol er mwyn gweld p'un ai atebion neu adleisiau sy'n cael eu cynnig. Dyma rai enghreifftiau:

Enghraifft 1   .. — .. —   ?   ... .. — —   (cwestiwn ac ateb)

Enghraifft 2   — .. — —   ?   — .. — —   (cwestiwn ac adlais)

Dechreuwch, fel o'r blaen, gyda symudiadau taro'r corff, yna ewch ymlaen i ddefnyddio seiniau lleisiol ac offer taro di-draw. Pan fydd y plant wedi deall y gêm, gadewch iddynt ymarfer mewn parau.

9 Wedi hyn, chwaraewch gêm holi ac ateb gan ddefnyddio ffynonellau sain gwrthgyferbyniol. Er enghraifft:

C: lleisiol	A: offer taro di-draw
C: symudiadau taro'r corff	A: lleisiol
C: offer taro di-draw	A: symudiadau taro'r corff

Os byddwch yn dymuno ymestyn y gêm hon, ailadroddwch bob cwestiwn ac ateb er mwyn creu'r strwythur canlynol: C C A A C C A A. Dyma fframwaith *Ble mae Bawdyn?* (*Frère Jacques*).

Gwrandewch ar fersiwn werin *Migldi Magldi* oddi ar y recordiad. Pa naws sy'n cael ei chreu gan y gân? Gwrandewch unwaith eto.

Mae'r gân yn cychwyn gyda'r un cwestiwn ac ateb yn cael eu hailadrodd ddwywaith; yn y llinell olaf, mae'r cwestiwn yn un gwahanol, ond mae'r ateb yn union yr un fath â'r ateb sydd ar y dechrau. Gwrandewch unwaith yn rhagor, a'r tro hwn gofynnwch i'r plant ganu'r cymal ateb " Migldi, Magldi, Hei now now." A yw'r plant yn sylwi mai'r un geiriau a'r un alaw sydd i'r cymal hwn bob tro? Rhowch gynnig ar guro dwylo i rhythm y cymal hwn neu ei berfformio ar offer taro di-draw. Seiniau metalaidd fyddai orau. Dywedwch wrth y plant bod y rhythm yn efelychu sŵn morthwyl y gof yn taro'r einion. A ydyn nhw'n medru clywed sŵn y morthwyl yn y rhagarweiniad?

Nawr, gwrandewch nifer o weithiau ar y trefniant i gerddorfa o "Migldi Magldi", allan o *Ffantasia ar Hwiangerddi Cymreig* gan Grace Williams. Yma, caiff y patrymau holi ac ateb eu canu gan grwpiau gwrthgyferbyniol o offerynnau. Y glockenspiel a'r offerynnau chwyth sy'n gofyn y cwestiwn, a'r tambwrîn a'r llinynnau isaf sy'n cynnig yr ateb. A fedr y plant glywed y seiniau metalaidd? Yn yr adran sy'n dilyn, clywir set arall o offerynnau - caiff y llinynnau eu hateb gan yr adran bres.

I gloi, trafodwch y gwahanol seiniau sy'n cael eu cynhyrchu gan y grŵp gwerin a'r gerddorfa. Mae'n bosib y gwnaiff y plant sylwi bod rhythm y patrwm "Migldi Magldi" yn amrywio rhyw ychydig yn y ddwy fersiwn. Pa recordiad yw ffefryn y plant, a pham?

Gwybodaeth gefndir ychwanegol
Casglwyd *Migldi Magldi* gan J Lloyd Williams yn Llanrwst. Wrth fwrw ei brentisiaeth yn yr efail leol, dysgodd ei frawd yr alaw werin oddi wrth y gof. Arferai Joe Wain, y gof, ddiddanu'r werin gyda'r nos mewn ffermdai lleol. Mae rhythm y geiriau "Migldi Magldi" yn efelychu sŵn morthwyl y gof wrth iddo daro'r einion.

Gwrando pellach:
Croen y Ddafad Felan
Nos Galan
Wrth fynd efo Deio i Dywyn
Ar Log   *Cyfrol VI*, Sain SCD 2119
Grace Williams   *Ffantasia ar Hwiangerddi Cymreig*, Lyrita SRCD 323

Y mae enghreifftiau pellach o alawon gwerin Cymreig sy'n cynnwys patrymau cwestiwn ac ateb. Mae sawl recordiad ohonynt ar gael.

PROJECT 7

UCHEL AC ISEL

Cerddoriaeth:	*Ar Hyd y Nos*
Cyfansoddwr:	Traddodiadol
Arddull:	Alaw werin wedi ei threfnu ar gyfer telyn deires
Cyfnod allweddol:	Un
Cyswllt cerddorol:	Traw*
Nod y dysgu:	Archwilio seiniau uchel ac isel gan ddefnyddio offerynnau a lleisiau
Rhaglen astudio y Cwricwlwm Cenedlaethol:	P1, P5, P7 C1, C3, C5 A1, A4, A5
Adnoddau:	Detholiad o offerynnau taro tiwniedig*

Bwriad y project hwn yw i'r plant ddeall y cysyniad o 'uchel ac isel' mewn cerddoriaeth gan ddefnyddio seiniau offerynnol a lleisiol. Y gerddoriaeth a ddefnyddir yw trefniant o *Ar Hyd y Nos* gan Robin Huw Bowen, y telynor Cymreig.

1 Sgwrsiwch am y geiriau 'uchel' ac 'isel'. Beth mae'r plant yn ei ddeall oddi wrth y geiriau hyn? Defnyddiwch ddarlun o dirlun i archwilio ystyron y geiriau - er enghraifft, mae'r awyr, mynyddoedd a brig y coed yn uchel, tra bod y ddaear, y borfa a'r blodau yn isel. Trafodwch enghreifftiau pellach o 'uchel' ac 'isel' yn yr ysgol ac yn y cartref.

2

Trafodwch y geiriau 'uchel' ac 'isel' mewn perthynas â seiniau. Meddyliwch am seiniau yn y byd o'n cwmpas: er enghraifft, cân aderyn a chyfarthiad ci mawr. Pa sain sy'n 'uchel'? Pa sain sy'n 'isel'? A fedr y plant ddynwared sain y naill a'r llall? Bydd plant ac oedolion yn defnyddio ystod traw eang iawn yn eu lleisiau siarad a'u lleisiau canu. Mae gan seiniau eraill - er enghraifft, seiren ambiwlans neu gloch drws - ystod traw cyfyng iawn, ond eto byddant yn gwneud defnydd o 'uchel' ac 'isel'.

Trwy gydol y sgwrs hon, mae'n bosib i gychwyn y bydd rhai plant yn cymysgu rhwng 'uchel' ac 'isel' a 'cryf' a 'distaw'. Digwydd hyn oherwydd byddwn yn aml yn sôn am godi'r sain ar y teledu neu chwaraewr CD 'i fyny' neu 'i lawr'. Os bydd y plant braidd yn ddryslyd, ceisiwch sôn am 'uchel' a 'dwfn' mewn perthynas â thraw.

3

Rhannwch y dosbarth yn ddau grŵp - llwyth yr 'Uch Uch' a llwyth yr 'Is Is'. Mae'r ddau lwyth yn cyfarfod mewn llannerch ynghanol coedwig law drofannol, ac yn defnyddio seiniau lleisiol uchel ac isel er mwyn cyfathrebu â'i gilydd. I gychwyn, mae llwyth yr 'Uch Uch' yn clebran yn gyffrous mewn sillafau traw uchel sy'n cael eu hailadrodd ("mii mii mii" "hii hii " " waaaaa wawawawa", ac yn y blaen) wrth iddyn nhw ddynesu at lwyth yr 'Is Is ', gyda'u lleisiau gwrthgyferbyniol traw isel (" nww nww nww " "da da daaaaa" "hohohohohoh", a.y.b.). O fewn ychydig, mae rhai o aelodau mwyaf mentrus y ddau lwyth yn dechrau cyfathrebu mewn parau. Yn rhyfedd iawn, maent yn deall ei gilydd i'r dim ac yn fuan yn gwneud ffrindiau newydd!

4

Mae gan offerynnau hefyd leisiau uchel ac isel. Casglwch ynghyd rhyw dri neu bedwar offeryn taro tiwniedig a defnyddiwch y rhain i archwilio seiniau uchel ac isel. Er enghraifft, trowch fetaloffon neu seiloffon ar ei dalcen a dangoswch y gwahaniaeth rhwng uchel ac isel. Mae traw pob nodyn yn codi fesul gris neu gam - mae'n ddigon tebyg i ddringo ysgol. Seiniwch bob nodyn yn ei dro, o'r gwaelod i'r brig ac yna'n ôl i'r gwaelod. A fedr un o'r dosbarth ddringo i ben yr ysgol ac i lawr yn ôl unwaith eto?

5

Parhewch i archwilio traw trwy ofyn i'r plant gymryd eu tro i seinio nifer o nodau uchel ac isel ar offeryn taro tiwniedig. Er enghraifft, eisteddwch mewn cylch gyda'r dosbarth, ac estynnwch glockenspiel o'r naill berson i'r llall. Os ydych yn defnyddio offeryn mawr ei faint, gosodwch hwn ynghanol y cylch a gofynnwch i'r plant ddod at yr offeryn yn eu tro yn er mwyn cyfansoddi'n fyrfyfyr gan ddefnyddio seiniau uchel ac isel. Gellir parhau gyda'r arbrofi yn y cornel cerdd.

6

Gofynnwch i'r plant fynd ati i gyfansoddi sgyrsiau cerddorol gan ddefnyddio nodau uchel ac isel. Gellir cynnal pob sgwrs naill ai ar un offeryn neu ar ddau offeryn gwrthgyferbyniol - er enghraifft, glockenspiel bach (uchel) a seiloffon mawr (isel). Gofynnwch i barau o blant gyfansoddi sgyrsiau yn fyrfyfyr o flaen y dosbarth, yna neilltuwch amser i bob pâr barhau â'r sgwrs yn y cornel cerdd.

7 Yna, eisteddwch mewn cylch gyda'r dosbarth, gyda nifer o offerynnau traw yn y canol. Gofynnwch i un plentyn gychwyn sgwrs gerddorol, fel yn cam 6. Y tro hwn, fodd bynnag, dangoswch sut y gellir ymateb i sgwrs y plentyn trwy ddynwared neu adleisio syniad y plentyn. Nid oes rhaid i'r ymateb fod yn gopi manwl gywir o'r syniad gwreiddiol, eto fe ddylai fod yn ddigon tebyg. Er enghraifft:

Syniad: C D E (seiloffon isel)
Ateb: C D E (glockenspiel uchel)

Syniad: D E D E D (seiloffon)
Ateb: C D C D C (seiloffon)

Gofynnwch i'r plant roi cynnig ar ailadrodd nodau, yna alawon byr sy'n 'codi'n uwch' o ran traw ac alawon sy'n 'disgyn yn is'. Bydd syniadau sy'n rhy hir neu sy'n cynnwys neidiau mawr yn anodd i'w hadleisio o bosib. Anogwch y plant i gyd i werthuso'r sgyrsiau.

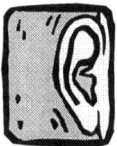

Gwrandewch gyda'r dosbarth ar y detholiad allan o *Ar Hyd y Nos*, yr alaw Gymreig adnabyddus, yn cael ei chanu ar y delyn deires. Dangoswch y llun isod i'r dosbarth - mae'n dangos yr offeryn yn cael ei ganu yn y dull traddodiadol, ar ysgwydd chwith y telynor.

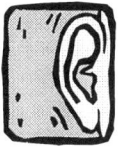

Gwrandewch unwaith eto ar y dyfyniad. Pan fydd y plant wedi ymgyfarwyddo â'r alaw, gofynnwch iddyn nhw amlinellu siâp yr alaw gydag un llaw yn yr awyr. Sawl gwaith fyddwn ni'n clywed yr alaw? Mae'r alaw yn isel y tro cyntaf; ac yn uchel yr eildro. Gwrandewch ar y dyfyniad unwaith eto. A fedr y plant ddarlunio'r nodau uchel a'r nodau isel trwy symud eu cyrff - er enghraifft, ymestyn yn dal ar y nodau uchel a mynd ar eu pedwar i'r llawr ar y nodau isel? Os oes gennych delynor/es yn eich ysgol, gofynnwch iddo ef/hi i berfformio'r alaw i'r dosbarth. A fedr y plant weld bysedd y telynor yn symud i fyny at y nodau uchel? Caiff y nodau uchel hyn eu seinio ar y tannau byr eu maint.

Dysgwch y plant i ganu a chwarae'r cymal byr 'Ar hyd y nos' ar offerynnau traw, er mwyn dangos mai cymal sy'n 'mynd ar i fyny' yw hwn. E F♯ F♯ G yw nodau'r cymal. Gwrandewch ar y recordiad unwaith eto, a'r tro hwn gofynnwch i'r plant ymuno yn y datganiad gyda'r cymal 'Ar hyd y nos' yn y mannau priodol. Sawl gwaith y clywir y cymal hwn ym mhob pennill?

Gwybodaeth gefndir ychwanegol

Ffurf gynnar ar y delyn yw'r delyn deires gyda'i thair rhes o dannau. Mae'r ddwy res allanol yn union yr un fath ac fe gânt eu tiwnio i'r raddfa ddiatonig (nodau 'gwyn' y piano); caiff y rhes ganol ei thiwnio i'r hanner-tonau canolraddol (nodau 'du' y piano). Yn wahanol i delynau modern, nid oes gan yr offeryn hwn bedalau, gan ei fod yn gyflangwbl gromatig. Ymdrechodd Nansi Richards "Telynores Maldwyn", telynores enwog o Gymru, yn ddygn i geisio rhwystro'r delyn deires rhag cael ei disodli'n llwyr gan y delyn bedal fodern. Mae'r detholiad yn cael ei berfformio gan Robin Huw Bowen, un o'r ychydig rai yng Nghymru sy'n canu'r delyn deires heddiw.

Gwrando pellach:	
Cerddoriaeth Telyn Cymru	SayDisc CD SDL412 (Robin Huw Bowen)
Ludwig van Beethoven	*Ode to Joy* (Symffoni Rhif 9 - symudiad olaf)
Gioachino Antonio Rossini	Agorawd i *Guillame Tell* (*William Tell*) (adran olaf)

GEE NEDI BACH!

Cerddoriaeth:	*Tasa gen i ful bach*
Cyfansoddwr:	Traddodiadol
Arddull:	Alaw werin
Cyfnod allweddol:	Dau
Cyswllt cerddorol:	Y raddfa bentatonic*
Nod y dysgu:	Trefnu alaw werin yn y raddfa bentatonig
Rhaglen astudio y Cwricwlwm Cenedlaethol:	P1, P3, P4, P6, P7 C1, C3, C4, C5 A1, A3
Adnoddau:	Offer taro tiwniedig* ac, os yn bosib, offerynnau eraill - nodau G, A, B, D ac E; plisg cnau coco neu flocyn Tseineaidd (*wood-block*)

Mae'r project hwn yn seiliedig ar y raddfa bentatonig, sef graddfa yn cynnwys pum nodyn. Mae'r fersiwn G A B D E yn arf hwylus ar gyfer creu cerddoriaeth, oherwydd bod y nodau yn cyfuno'n rhwydd pan fydd dau syniad neu fwy yn cael eu perfformio neu eu canu gyda'i gilydd. Mae hyn yn gymorth i roi hyder i'r plant a rhyddid i ddatblygu eu sgiliau cyfansoddi. Gellir dangos y seiniau pentatonig trwy ganu'r nodau du ar biano.

Seiliwyd nifer o ganeuon, alawon gwerin ac emyn-donau'r Negroaid yn fwyaf arbennig, ar y raddfa bentatonig. Dyma rai enghreifftiau: *Auld Lang Syne, Old Macdonald, Li'l Liza Jane* a *Swing Low Sweet Chariot*. O blith y toreth o alawon gwerin Cymreig sydd gennym, dim ond nifer fechan ohonynt sy'n bentatonig. Yn eu plith mae: *Melinydd oedd fy nhad, Yn y môr* a *Tasa gen i ful bach.*

1 Paratowch eich adnoddau ar gyfer defnyddio'r raddfa bentatonig sy'n cychwyn ar G. Symudwch bob C ac F oddi ar yr offer taro tiwniedig, gan adael G, A, B, D ac E. Gosodwch y barrau hynny nad oes eu hangen yn union o flaen eu safleoedd arferol, fel ei bod yn hawdd eu hail-osod yn hwyrach. Dylai'r rhai hynny sy'n canu'r offer taro tiwniedig ddefnyddio pâr o ffyn taro.

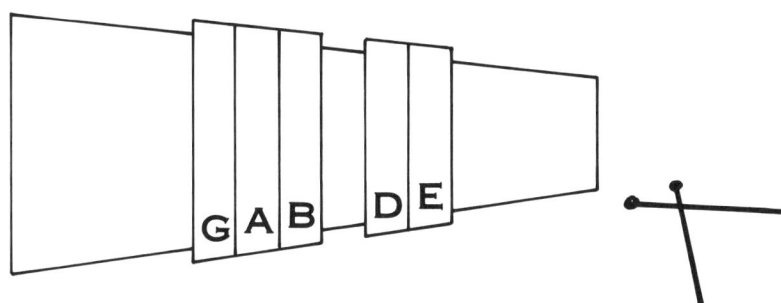

Dylai plant sy'n dysgu canu'r recorder fod yn medru chwarae'r nodau G, A a B, tra dylai'r perfformwyr hynny sydd gam ar y blaen fod yn medru ychwanegu'r D a'r E waelod. Mae'n bosib y gall y disgyblion sy'n derbyn hyfforddiant ar offerynnau cerddorfaol chwarae rhai o'r nodau perthnasol ar eu hofferynnau; er enghraifft, caiff tannau agored y ffidl eu tiwnio i G, D, A, ac E.

2 Gwrandewch ar y recordiad o *Tasa gen i ful bach,* alaw werin Gymreig, ddoniol. Esboniwch ei bod yn defnyddio nodau y raddfa G bentatonig. Gwrandewch arni ddwywaith yn rhagor. A fedr y plant ymuno gyda'r gytgan? Dysgwch y pennill trwy ailadrodd un llinell ar y tro, heb y recordiad yn gyntaf, er mwyn meistroli'r geiriau a'r gerddoriaeth ar gyflymder arafach.

3 Dangoswch gyfeiliant un-nodyn trwy chwarae drôn* ar G ar guriad cyntaf pob bar. Dangosir hyn gan symbolau'r ffyn taro uchod. A fedr y plant ganu'r gân wrth i chi chwarae'r drôn? Yna, chwaraewch drôn dau-nodyn trwy seinio'r nodau G a D ar yr un pryd, neu rannu'r drôn trwy seinio G a D bob yn ail guriad drwyddi. Gofynnwch i'r plant ganu'r alaw unwaith eto tra'ch bod chi'n cyfeilio. Pa drôn sy'n gweddu orau i awyrgylch y gân? A fedr un neu ddau o'r plant seinio'r drôn tra bod y lleill yn canu? Mae'n rhaid wrth guriad sefydlog - wnâi hi mo'r tro pe bai'r asyn yn dianc!!

4 Gofynnwch i'r plant feddwl am batrwm melodig syml i'w ganu neu ei berfformio yn y gytgan. Un posibilrwydd fyddai dewis patrwm wedi'i

41

gymryd o'r gân; er enghraifft, y tri nodyn olaf - B, A, G. A fedr rhai o'r plant ailadrodd y syniad hwn (gan ffurfio ostinato*) tra bo'r gweddill yn canu? Rhowch gynnig ar un syniad yn unig ar y tro.

5 Gofynnwch i grŵp bach o blant berfformio'r drôn a'r ostinato gyda'i gilydd. Yna, rhowch gynnig ar yr alaw gyfan, gan sicrhau bod y drôn yn cadw'i fynd drwyddi ac yna ychwanegu'r ostinato yn y gytgan. Ym mha ffordd yr hoffai'r plant ddechrau a diweddu'r gân? Mae'n bosib y gwnân nhw benderfynu cychwyn a gorffen gyda'r drôn, gan wanhau'r sain tua'r diwedd.

6 Cwblhewch y trefniant trwy ychwanegu patrwm rythmig neu ostinato. A yw'r plant yn gallu meddwl am batrwm i'w berfformio ar y blocyn Tsieineaidd neu ar blisg y cnau coco er mwyn awgrymu sŵn yr asyn yn trotian? Ewch ati i ymarfer ac adolygu'r trefniant ar ei hyd a thrafodwch y cydbwysedd rhwng y grwpiau offerynnol a'r rhai lleisiol. Amcan yr offerynnau yw cyfeilio i ran y lleisiau yn hytrach na'u disodli, ond mae'n bosib y carech ddefnyddio'r offerynnau i berfformio interliwd* yn ogystal.

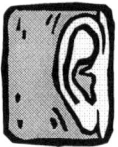

7 Gwrandewch unwaith eto ar y recordiad o *Tasa gen i ful bach*, gan dynnu sylw'r plant at y pennill offerynnol. A yw'r plant yn medru clywed yr alaw yn cael ei chanu ar y mandolin a'r cyfeiliant ar y bas, y ffidl a'r gitâr? Esboniwch mai cyfansoddiadau ar gyfer y llais yn unig oedd alawon gwerin yn wreiddiol, a phan gyfansoddwyd y gân hon yn y lle cyntaf, ni fyddai cyfeiliant wedi ei hysgrifennu i gyd-fynd â hi. A yw'r plant yn hoff o'r cyfeiliant? Sut mae'r cyfeiliant yn adlewyrchu natur y gân?

8 Os hoffech ymestyn y project hwn, rhowch gynnig ar ddefnyddio'r raddfa bentatonig wrth gyfansoddi'n fyrfyfyr. Gan weithio fel dosbarth cyfan, gofynnwch i ddau neu bedwar gwirfoddolwr gyfansoddi alaw fer, yn fyrfyfyr ar eu hofferynnau. Dechreuwch trwy ofyn i'r grŵp greu alawon dau-nodyn neu dri-nodyn, ac yna mynd ati yn raddol i gynyddu'r nifer o nodau a ddefnyddir. Arbrofwch gyda gwahanol gyfuniadau o offerynnau a rhowch gynnig ar wahanol ffyrdd o ddechrau a diweddu. Er enghraifft, trefnwch y gwead yn haenau trwy ychwanegu pob offeryn yn ei dro neu rhowch gyfle i un neu ddau offeryn roi datganiad ar y pryd am ychydig eiliadau cyn i ddau offeryn arall, gwahanol, gymryd trosodd. Weithiau, ni fydd angen cynllunio - gadewch i'r syniadau lifo'n naturiol, dyna'i gyd!

9 Caniatewch amser i'r plant i gyd gael cyfle i ddatblygu eu cyfansoddi byrfyfyr yn unigol, mewn parau neu mewn grwpiau bychain. Os bydd angen syniadau ar y plant, awgrymwch rai o'r canlynol:

42

- alawon sy'n codi, alawon sy'n disgyn, alawon sy'n codi a disgyn;
- alawon sy'n symud fesul cam, alawon sy'n neidio, alawon gyda nodau sy'n cael eu hailadrodd;
- alawon gyda nodau hir a nodau byr;
- alawon cerdded, ymdeithio a rhedeg (gan ddefnyddio ffyn taro llaw-chwith llaw-dde bob yn ail);
- alawon gyda dau nodyn ar y tro, yn symud i'r un cyfeiriad neu i gyfeiriad gwrthgyferbyniol;
- alawon cyflym, prysur ac alawon araf, cysglyd.

Efallai y carech ddefnyddio graffeg syml i gynrychioli'r awgrymiadau hyn, neu gofynnwch i'r plant gynllunio eu graffeg eu hunain i'w cynorthwyo i gofio eu halawon.

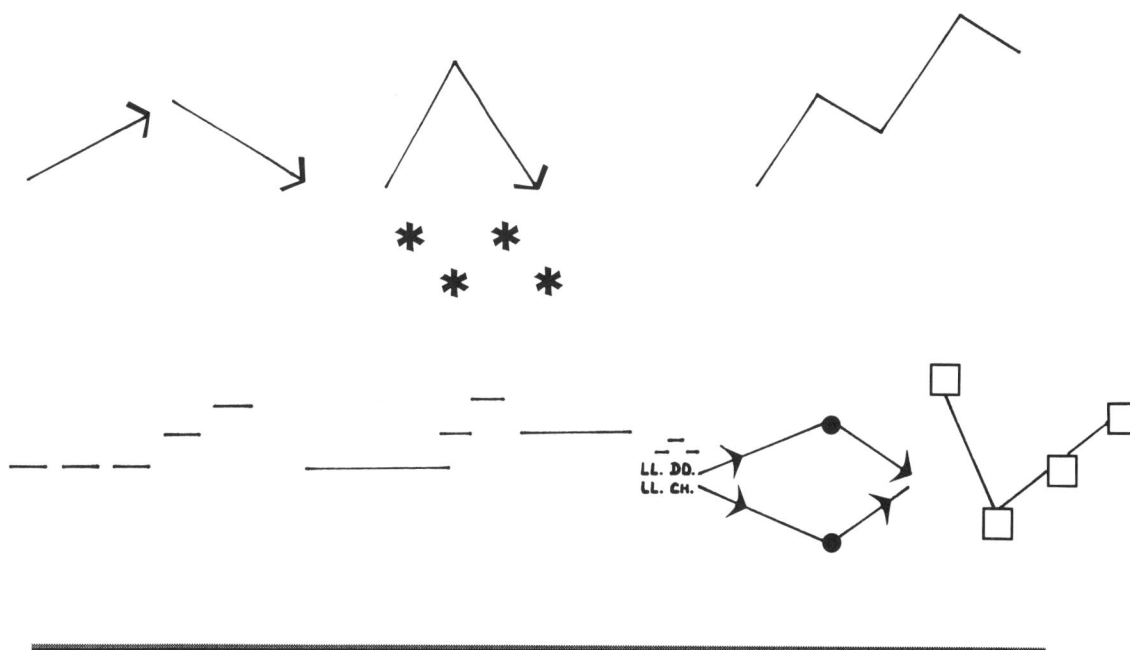

LL. DD.
LL. CH.

Gwybodaeth gefndir ychwanegol

Mae alawon gwerin yn rhan anhepgor o etifeddiaeth gerddorol gyfoethog Cymru. Maent yn rhychwantu ystod eang o destunau, gan adlewyrchu bywyd y Cymry ar draws y canrifoedd - hwiangerddi, caneuon gwaith, caneuon morwyr, caneuon serch, yn ogystal â chaneuon yn sôn am ddigwyddiadau, lleoedd a straeon arbennig. Ceir rhai alawon gwerin doniol; er enghraifft caneuon dwli, caneuon gorchest a chaneuon am gymeriadau, adar ac anifeiliaid. Gan nad oedd cofnodi alawon gwerin yn beth arferol, ceir weithiau nifer o wahanol fersiynau o'r un gân.

PENNILL

G	G	G	G	G		D	D	E	E	E	D
Ta	- sa	gen	i	ful		bach	a	hwn	-nw'n	'cau	mynd,

G	G	G	G	B	B	G	G	B	A	A	G	D
Fa	- swn	i'n	ei	gu	- ro	fo?	Wel	na	fa	- swn	ddim.	Ei

G	G	G	G	G	D	D	E	E	E	E	D	D
roi	o	yn	y	sta	- bal	a	ffid	o	In	- dia	corn,	Y

G		G	G	B		G	B		A	G	
mul		bach	go	- ra		fu	'rioed		mewn	trol.	

CYTGAN

G	G	G	D		G	G	G	D	D
Gee	up	Ne	- di,		Gee	up	Ne	- di,	Y

G	G	G	B		G	B	A	G
mul	bach	go	- ra		fu	'rioed	mewn	trol.

PROJECT 9

O DAN Y DŴR

Cerddoriaeth:	'Vanog' allan o *Harp Scrapbook*
Cyfansoddwr:	John Metcalf (1946 -)
Arddull:	Cerddoriaeth telyn yr 20fed ganrif
Cyfnod allweddol:	Un neu Dau
Cyswllt cerddorol:	Naws
Nod y dysgu:	Cyfansoddi mewn ymateb i ysgogiad all-gerddorol
Rhaglen astudio y	
Cwricwlwm Cenedlaethol:	P4, P6
(Cyfnod Allweddol 1)	C2, C3, C5
	A1, A3, A4, A5
Rhaglen astudio y	
Cwricwlwm Cenedlaethol:	P4, P7
(Cyfnod Allweddol 2)	C2, C3, C5
	A1, A2, A3
Adnoddau:	Offerynnau taro tiwniedig*, piano, clochfarrau neu glychau

Nod y project hwn yw bod y plant yn cyfansoddi seinlun yn darlunio'r môr. Fel ysgogiad, adroddwch chwedl Cantre'r Gwaelod wrth y plant - treflan goll sy'n gorwedd yng nghrombil dyfrllyd y môr. Neu, defnyddiwch y darn barddoniaeth *Clychau Cantre'r Gwaelod* gan y bardd o Gymro, John James Williams. Yn fwy diweddar, mae achosion o foddi cymoedd er mwyn creu cronfeydd dŵr wedi tristáu a gweddnewid bywydau nifer o drigolion Cymru.

Yn ôl y chwedl, roedd ugain o drefi, a phob un ohonynt o dan lefel y môr yn nhalaith Gwaelod, yng Ngorllewin Cymru. Er mwyn rhwystro unig elyn y trigolion - y môr - gorchmynnodd y Brenin y dylid adeiladu wal ac fe benodwyd y Tywysog Teithrin a'r Tywysog Seithenyn i fod yn gyfrifol am ei chynnal a'i chadw. O ganlyniad, teimlai trigolion Cantre'r Gwaelod yn hapus a diogel.

Roedd y Tywysog Teithrin yn gyfrifol am ran ogleddol y wal. Cymerai ef ei waith o ddifrif ac fe orchmynnodd i'w ŵyr atgyweirio'r wal pa bryd bynnag y gwelai'r crac lleiaf un ynddi. Roedd y Tywysog Seithenyn yn gyfrifol am ran ddeheuol y wal. O'i gymharu â'i frawd iau, roedd y Tywysog Seithenyn yn rhyfeddol o ddiog. Arferai ymffrostio ei fod yn medru gwylio ei elyn, y môr, o'r castell, ac fe dreuliai ei holl amser yn yfed gyda'i ffrindiau.

Dechreuodd dyrnu di-drugaredd y tonnau a grym y gwyntoedd a'r stormydd cyson adael eu hôl ar y wal. Apeliodd y Tywysog Teithrin yn daer ar ei frawd i gymryd ei gyfrifoldebau o ddifrif, ond yn raddol, dechreuodd rhan ddeheuol y wal wanhau yn enbyd.

Un noson, cododd storm enfawr. Dolefai'r gwynt trwy Gantre'r Gwaelod a morthwyliai cenllif o law yn erbyn muriau pob adeilad. Hyrddiai tonnau cawraidd eu maint yn ddi-ildio yn erbyn y morglawdd. Rhedodd y trigolion i geisio lloches ond ni fedrai neb gysgu - ag eithrio'r Tywysog Seithenyn a'i ffrindiau oedd yn gorwedd mewn trwmgwsg meddwol yn y castell ar y wal ddeheuol. Drechreuodd y craciau yn y wal ymledu o dan bwysau'r tonnau. Llaciodd y môr bob carreg oedd yn rhydd heb fawr o drafferth a dechreuodd y dŵr arllwys drwy'r tyllau. Llyncwyd tir Cantre'r Gwaelod yn gyfangwbl ac ni welwyd ei thrigolion fyth eto.

Erbyn heddiw, seiniau clychau'r eglwys yw'r cyfan sydd yn weddill o Gantre'r Gwaelod, ac fe ddywed rhai pobl bod eu seiniau i'w clywed, ambell dro, yn codi o ddyfnderoedd dyfrllyd Bae Ceredigion.

46

O dan y môr a'i donnau
Mae llawer dinas dlos
Fu'n gwrando ar y clychau
Yn canu gyda'r nos;
Trwy ofer esgeulustod
Y gwyliwr ar y tŵr
Aeth clychau Cantre'r Gwaelod
O'r golwg dan y dŵr.

Pan fyddo'r môr yn berwi
A'r corwynt ar y don
A'r wylan wen yn methu
Cael disgyn ar ei bron;
Pan dyr y don ar dywod
A tharan yn ei stŵr,
Mae clychau Cantre'r Gwaelod
Yn ddistaw dan y dŵr.

Allan o *Clychau Cantre'r Gwaelod* gan John James Williams

1 Adroddwch chwedl Cantre'r Gwaelod wrth y plant. Mae'r chwedl hon yn addas ar gyfer disgyblion Cyfnod Allweddol 1 a 2, er y byddai disgyblion Cyfnod Allweddol 2, o bosib, yn ymateb yn dda i'r farddoniaeth yn unig.

2 A fedr y plant ddychmygu eu bod yn sefyll ar draeth unig, distaw, ar noson dawel o haf yn syllu ymhell dros y môr? Mae wyneb y dŵr yn llonydd gydag ambell grychdon yn ymddangos hwnt ac yma. Mae tonnau ysgafn yn llyfu'r glannau. Gofynnwch i'r plant ddefnyddio'u lleisiau i efelychu sain dawel y tonnau yn taro ar y traeth - 'woosh'. Yna gofynnwch i un neu ddau ohonynt chwarae glisandi* ar offerynnau taro tiwniedig er mwyn efelychu crychdonni'r dŵr. Archwiliwch syniadau posib eraill er mwyn ceisio cyfleu wyneb y dŵr. Arbrofwch gyda gwahanol seiniau lleisiol ac offerynnol, a cheisiwch amrywio'r dynameg.

3 A fedr y plant ddychmygu eu bod yn plymio i'r dyfnderoedd islaw wyneb y dŵr a'u bod yn disgyn i wely'r môr er mwyn darganfod gweddillion yr adeiladau a foddwyd? Rhowch gynnig ar gynrychioli'r

47

syniad hwn trwy ddefnyddio patrymau lleisiol ac offerynnol disgynnol. Efallai yr hoffech gychwyn pob disgyniad ar wahanol adegau ac o nodau gwahanol. Arbrofwch hefyd gyda chyflymdra'r disgyniad - rhowch gynnig ar ddisgyniad cyflym ac araf, cynyddu'r cyflymdra a'i arafu. Beth am glisandi neu nodau yn dilyn camau disgynnol, fel sy'n cael eu hawgrymu gan y graffeg sy'n dilyn:

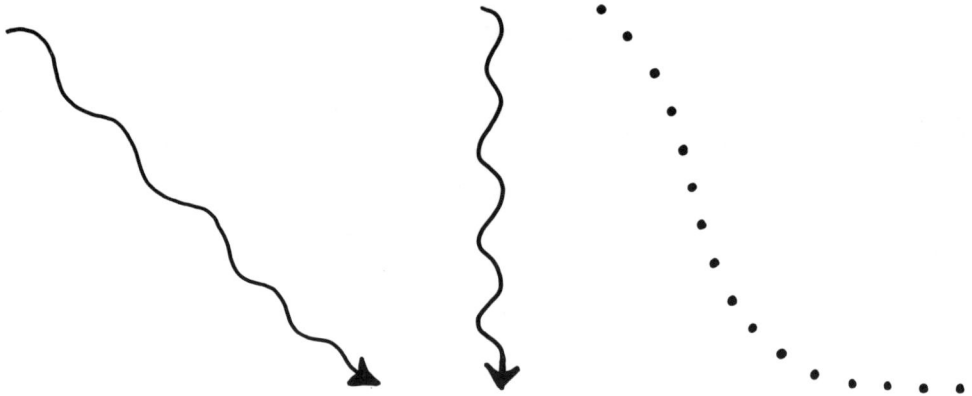

Gallech hefyd arbrofi trwy seinio tannau'r piano tra'n defnyddio'r pedal cynnal - yr un ar y dde.

4 Mae Cantre'r Gwaelod yn gorwedd ar waelod y môr. Gofynnwch i'r plant archwilio syniadau posib trwy ddefnyddio'r nodau isaf sydd ar gael, nodau piano neu seiloffon bas, efallai. A yw'r plant yn medru dychmygu seiniau'r clychau? Arbrofwch gyda chlychfarrau, metaloffonau neu tiwbglychau wedi'u gwneud allan o bibau metel sgrap. Er mwyn cynhyrchu sain fwy anarferol gyda clochfar, rhowch gynnig ar osod stribed o gerdyn rhwng y bar metel a'r seinflwch, a symudwch y cerdyn o'r naill ochr i'r llall wedi i chi daro'r offeryn gyda ffon daro.

5 Cyfunwch y syniadau a grewyd yn cam 2, 3 a 4 er mwyn ffurfio seinlun dosbarth-cyfan neu seinlun fesul grŵp. Mae'r awyrgylch yn dawel ac hamddenol. Awyrgylch o dristwch yw'r naws a gaiff ei chreu gan y gerddoriaeth. Canolbwyntiwch ar syniadau sy'n symud yn araf a chyfnodau o dawelwch, a chaniatewch ddigon o amser i'r seiniau dewi'n naturiol. Gallech roi cynnig ar gynnwys y chwedl neu'r farddoniaeth yn y seinlun trwy ddarllen ychydig linellau i'w dilyn gan syniadau cerddorol, neu hyd yn oed berfformio'r testun a'r gerddoriaeth ar y cyd. Neu, adroddwch chwedl Cantre'r Gwaelod i gyfeiliant cerddoriaeth yn unig. Gofynnwch i rai o'r plant ddyfeisio ciwiau dod mewn i'w defnyddio fel cyfarwyddiadau i'r dosbarth.

Gwrandewch ar y dyfyniad allan o 'Vanog' gan John Metcalf. A fedr y plant ddisgrifio'r seiniau gaiff eu cynhyrchu gan y delyn? Gwrandewch ar y cordiau gwasgar ar y dechrau. Mae'r rhain yn cyfleu llonyddwch a thristwch. Gwrandewch unwaith yn rhagor ar gwmpas y delyn. A yw'r plant yn medru clywed y ffigurau disgynnol, y nodau uchel treiddgar, y seiniau dwfn swnllyd a'r cordiau disgynnol sy'n arafu ac yn meddalu?

Gwybodaeth gefndir ychwanegol

'Vanog' yw'r ail allan o saith darn a ysgrifennwyd ar gyfer y delyn gan John Metcalf. At ei gilydd, mae'r darnau yn ffurfio'r *Harp Scrapbook*, a gomisiynwyd gan y delynores o Gymru, Elinor Bennett, ac a berfformiwyd am y tro cyntaf yng Ngŵyl Bro Morgannwg yn 1992. Mae'r broliant ar y recordiad yn disgrifio 'Vanog' fel 'darlun coffa swrealaidd o'r ffermdy Cymreig sydd heddiw'n gorwedd o dan ddyfroedd y llyn hwnnw o waith dyn - Llyn Briane. Crewyd y gronfa ddŵr hon, sydd i'w gweld yn ymyl Llanwrtyd, yng nghanolbarth Cymru, pan foddwyd rhan o'r dyffryn er mwyn rheoleiddio'r Afon Tywi a gwella'r cyflenwad dŵr.

Gwrando pellach:	
Benjamin Britten	'Four Sea Interludes' allan o *Peter Grimes*
Claude Debussy	*La Cathédrale Engloutie (Y Gadeirlan o dan y dŵr)*
Reinhold Glière	Consierto i'r Delyn
William Mathias	Consierto i'r Delyn, Curiad CD002C
Grace Williams	'Calm Sea in Summer' allan o *Sea Sketches*, Lyrita SRCD323
Môr o Wydr	(Cerddoriaeth telyn gan gyfansoddwyr Cymreig), Lorelt LNT105

LOL!

Cerddoriaeth:	*Torth o Fara, Y March Glas*
Cyfansoddwr:	Traddodiadol
Arddull:	Alaw Werin
Cyfnod allweddol:	Dau
Cyswllt cerddorol:	Arddull leisiol
Nod y dysgu:	Perfformio'n fyrfyfyr, cyfansoddi a threfnu cerddoriaeth, gan ddefnyddio alaw werin fel ysgogiad
Rhaglen astudio y Cwricwlwm Cenedlaethol:	P1, P3, P4, P5, P6
	C3, C4, C5
	A1, A2, A3
Adnoddau:	Offerynnau taro di-draw*
	Offerynnau tiwniedig* gan gynnwys un offeryn isel (nodau G a D)

Mae'r project hwn yn trafod creu cerddoriaeth ac fe ofynnir i'r plant gyfansoddi a threfnu darnau byrion. Defnyddir alawon gwerin ag iddynt eiriau diystyr yn sail i'r gweithgareddau hyn.

Mae nifer o alawon gwerin yn cynnwys geiriau diystyr. Mae'r rhain yn hynod ddifyr, yn hawdd eu canu ac fel arfer yn gwbl ddiystyr.

Er enghraifft:

"Ffal di do, Ffal di do, Ffal di dei di dei di do" (*Ffair Henfeddau*)
"Ffa la rwdl didl dal" (*Y March Glas*)
"Ffwdl la la la Ffwdl la la la Ffwdl la la la la la la la" (*Moliannwn*)
"Tw rym di ro rym di radl idl dal" (*Dacw 'Nghariad i lawr yn y berllan*)
"Ton ton ton dyri ton ton ton" (*Ton Ton Ton!*)
"Dim didl dim didl dim dim dim" (*Hen Wraig Fach*)
"Wi gi li Wa gi li Wow wow wow" (*Dau Lanc Ifanc*)

Mae geiriau diystyr fel arfer i'w clywed bob yn ail linell mewn cân neu ar ddiwedd pennill.

Dyma'r geiriau a'r nodau ar gyfer *Torth o Fara*.

Mi	roe-ddwn i	fy	hun ryw ddiwr-nod,	Ffal di di	rai	dal	da - dl am do,
D	G G G A	G E D	D	G G G B B	D	E F♯ G	

	Mynd i 'mweld â	pho-bl yr Ha-fod,	Ffal di di rai dal	da - dl am do,
	G G G A	G F♯ E D D	G G G B B	D E F♯ G

	Torth o fa - ra oedd	gen i'n bre - sant,	Ffal di di rai— dal	da - dl am do,
	B B B A B	D D A A	B B B B A B	D C B A

Ddy-	ga-swn in-ne'n	ddi-gon de - sant,	Ffal di di rai dal	da - dl am do.
D	G G G A	G E D	D G G G B B	D E F♯ G

[Noder: bydd rhaid canu rhai sillafau cyn y curiad cyntaf, acennog]

2 Pan es i gynta i goed y rhiwie,
  Ffal di di rai . . .
  Syrthio wnes i ac ar fy nglinie,
  Ffal di di rai . . .
  Syrthio wnaeth y dorth yn union,
  Ffal di di rai . . .
  Dechrau bowlio rhyngddi a'r afon
  Ffal di di rai . . .

3 Doedd dim iws i mi mo'r bloeddio,
  Ffal di di rai . . .
  Na gofyn iddi wnaiff hi stopio
  Ffal di di rai . . .
  Bowlio roedd tu draw i'r afon
  Ffal di di rai . . .
  Canes inne ffarwél iddi,
  Ffal di di rai . . .

4 Wele morwyn Robet Simon,
  Ffal di di rai . . .
  Llyfnu roedd tu draw i'r afon
  Ffal di di rai . . .
  Doedd dim modd ei hestyn imi,
  Ffal di di rai . . .
  Drwy ffasiwn ddŵr a drain a drysni
  Ffal di di rai . . .

5 Es i fan honno dros fy sgidie,
  Ffal di di rai . . .
  Disgwyl cael y dorth yn dipie,
  Ffal di di rai . . .
  Diolch fyth, mi roedd yn gyfan,
  Ffal di di rai . . .
  Dim briwsionyn doedd ohoni;
  Ffal di di rai . . .
  Taswn inne'n medru canu,
  Ffal di di rai . . .
  Canu'n well y baswn iddi.
  Ffal di di rai . . .

1

Gwrandewch gyda'r dosbarth ar y recordiad o *Torth o Fara*. Trafodwch y stori a naws y gân. A yw'r plant yn sylwi bod rhywbeth anarferol ynglŷn â'r geiriau? Mae pob yn ail linell yn cynnwys geiriau diystyr. Adroddwch y geiriau diystyr nifer o weithiau, yn araf i gychwyn, gan gadw at y rhythm cywir. Talwch sylw arbennig i rhythm y gair "dadl".

2

Gwrandewch ar y recordiad unwaith eto, a'r tro hwn gofynnwch i'r plant ymuno trwy ganu'r geiriau diystyr. A yw alaw'r geiriau diystyr yn union yr un fath bob tro? Efallai y bydd angen i'r plant wrando ar y recordiad unwaith yn rhagor er mwyn canfod bod y drydedd linell yn wahanol. Canwch y llinell hon ar ei phen ei hun er mwyn sicrhau bod y nodau yn gywir.

3

Dysgwch y geiriau sy'n weddill yn y pennill cyntaf, yna canwch i gyfeiliant y recordiad.

4

Unwaith y bydd y geiriau a'r gerddoriaeth wedi eu selio ar gof y plant, yna ewch ati gyda'r dosbarth cyfan i lunio trefniant lleisiol o'r gân. Chwaraewch y recordiad unwaith eto os bydd angen. A fedr y plant glywed dau grŵp o leisiau ar y recordiad? Mae un grŵp yn canu'r prif eiriau a'r llall yn canu'r geiriau diystyr. Rhowch gynnig ar hyn gyda'r dosbarth, gan gyfnewid y grwpiau fel bod pawb yn cael cyfle i ganu'r ddwy set o eiriau. Wrth i'r plant ymgyfarwyddo â'r gân, dysgwch y penillion eraill ac ystyriwch sut y dylid eu cysylltu. A yw'r plant yn dymuno bod y naill bennill yn dilyn y llall yn ddi-dor neu a hoffent ychwanegu dolen gyswllt rhwng pob pennill? Er anghraifft, gellid ailadrodd "dadl am do" ar y nodyn G rhwng pob pennill. Gellid defnyddio'r syniad hwn fel rhagarweiniad hefyd neu byddai modd ei ailadrodd trwy gydol y gân gyfan fel ostinato*. Byddwch yn ofalus rhag llunio trefniant fydd yn rhy gymhleth a chofiwch rhaid cadw'r 'dorth' i rowlio yn ei blaen yn ddygn!

Ostinato:	Da - dl am do	Da - dl am do	Da - dl am do	Da - dl am *etc*
	G G G G —	G G G G —	G G G G —	G G G *etc*
Alaw:	*Mi*	*roe - ddwn i fy*	*hun ryw etc*	
	D	G G G A	G E	

5

Nesaf, rhowch gynnig ar lunio trefniant o'r gân gan ddefnyddio symudiadau taro'r corff* neu offerynnau taro di-draw. Yn gyntaf, rhannwch y dosbarth yn dri grŵp. Dylai grŵp 1 gadw curiad rheolaidd trwy guro'u pengliniau â'u dwy law. Dylai grŵp 2 guro patrwm rhythmig byr sydd wedi ei gymryd o'r gân er mwyn sicrhau cywirdeb rythmig. Er mwyn datblygu hyn, gofynnwch i unigolion sy'n perthyn i grŵp 3 guro patrwm gwahanol wrth ymateb i'r patrwm a gynigir gan grŵp 2. Bydd hyn yn ffurfio fframwaith cwestiwn ac ateb. Wedi hyn, perfformiwch y curiad a'r patrymau gan ddefnyddio offerynnau taro di-draw. Trafodwch y cydbwysedd sy'n bod rhwng y grwpiau. Profir mwy o lwyddiant wrth gadw'r dynameg* yn ysgafn er mwyn galluogi'r naill grŵp i wrando ar y llall a chadw amser. Recordiwch y perfformiad ac yna defnyddiwch y recordiad yn gyfeiliant i'r dosbarth wrth iddynt ganu neu dawnsio.

6 Er mwyn ymestyn y gweithgaredd hwn, rhowch gynnig ar drefnu'r gân gan ddefnyddio offerynnau taro tiwniedig. Dewisiwch offeryn taro a thraw isel (er enghraifft metaloffon neu glochfar a chwaraewch drôn* ar G ar gychwyn bob bar. Fel dewis arall, rhowch gynnig ar drôn dwbl trwy seinio'r nodau G a D ar yr un pryd neu drôn wedi'i rannu (G, D, G, D). Dylid seinio'r drôn trwy gydol y gân. Pan fydd y plant yn hyderus gyda hyn, gofynnwch i eraill berfformio'r alaw gyfan neu rannau o'r alaw gan ddefnyddio offerynnau tiwniedig. Gwnewch ymdrech i gadw'r trefniant yn un syml. Gwerthuswch y syniadau ac anelwch at berfformiad.

7 Mae geiriau diystyr yn ddefnyddiol ar gyfer datganiadau lleisiol byrfyfyr*. Cyfansoddwch eiriau ar gyfer dwy linell ac yna canwch hwy i gyfeiliant dau nodyn - C a D. Defnyddiwch offeryn tiwniedig i'ch cynorthwyo i daro'r nodau cywir ar y cychwyn. A yw'r plant yn medru cwblhau eich cân trwy lunio ateb byrfyfyr gan ddefnyddio geiriau diystyr? I gychwyn, mae'n bosib y bydd y plant yn dymuno cadw at y nodau a ddefnyddiwyd gennych chi ond o dipyn i beth fe ddônt yn fwy mentrus.

Dyma enghraifft:

C	C	D	D	C
Gawn ni		ga -	nu	cân

C	C	D	D	C
Can - wn		wrth	y	tân,

C	C	C	C	D
Fa	la	la	la	la,

D	D	D	D	C
Fa	la	la	la	la.

Mae'n bwysig eich bod yn meithrin hyder y plant yn y fan hon. Nid yw hyd yr ymateb yn bwysig o gwbl. Yn raddol cynyddwch nifer y nodau fyddwch chi'n eu defnyddio yn eich cwestiwn (C+D+E+F+G) a gofynnwch i'r plant amrywio'r sillafau diystyr.

8 Datblygwch y gweithgaredd hwn trwy roi cynnig ar gyfansoddi fesul grŵp. Bydd angen dwy linell sy'n odli, ynghyd â nifer o eiriau diystyr ar bob grŵp i gychwyn. Dyma ddwy enghraifft:

Ddoi di Dan am drip i'r dre? Ffa la la la, ffa la la la, Ddoi di wir? Hip, hip, hwrê! Ffa la la la, ffa la la la.	Dyna hwyl yw gêm o rygbi, Hei ho, ffadl di ro, Chwarae wnâf un dydd dros Gymru! Hei ho, ffadl di ro.

Adroddwch yr odl gyda'ch gilydd yn gyntaf er mwyn darganfod rhythm naturiol y geiriau. Ceisiwch ddod o hyd i guriad* a thempo* addas. Defnyddiwch offeryn tiwniedig er mwyn taro'r nodau C, D, E, F a G ac yna, gan ddefnyddio'u lleisiau, gofynnwch i'r plant gyfansoddi alaw i gyd-fynd â'r geiriau. Sut y gellir trosglwyddo'r alawon gwerin hyn i eraill? Gofynnwch i'r plant eu perfformio tra'ch bod chi yn eu recordio ar dâp neu'n ysgrifennu enwau'r nodau uwchben y geiriau. Bydd rhai plant efallai yn medru llunio pâr o linellau sy'n odli drostynt eu hunain.

Gwrandewch ar y recordiad o *"Y March Glas"*. Beth yw'r geiriau diystyr yn y gân hon? Ble maen nhw'n ymddangos? A yw'r plant y medru clywed bod yr holl eiriau diystyr yn ymddangos ar ddiwedd y gân? Mae nhw'n ychwanegu at naws hapus, ddiofal y gân. Gwrandewch unwaith eto a'r tro hwn gofynnwch i'r plant ymuno yn y llinellau diystyr. A fedr y plant ganu mewn ffordd ysgafn, sbonciog, fel pe baent yn trotian ar gefn y march glas ar eu ffordd i'r farchnad?

Gwybodaeth gefndir ychwanegol:
Fersiwn lygredig o eiriau Saesneg yw rhai geiriau diystyr. Er enghraifft, mae "Bachgen bach o dincar" yn gorffen gyda'r geiriau "La - di - la - di - da - di, hoc it on ddy tshen, Ddy potsiar o ddy peipar o ddy ni - ca - bo - car lein". Mae'r gân yn deillio o "The Knickerbocker Line" a rhoddir cynnig ar y geiriau Saesneg yn y gytgan ddiystyr. Yn ogystal ag ymddangos mewn caneuon gwerin,

defnyddiwyd geiriau diystyr yng Nghymru yn gyfeiliant wrth ganu a dawnsio pan na fyddai offeryn ar gael. Nid yw'r 'gerddoriaeth geg' hon yn defnyddio dim mwy na sillafau diystyr, ac yn hyn o beth mae'n debyg iawn i'r traddodiad hwnnw yn yr Alban a adwaenir wrth y term *diddling*.

Gwrando pellach:

Elinor Bennett	*Telynau a Chân,* Sain SCD 4041
Siân James	*Cysgodian Karma*, Sain SCD 4037
Ogam	*Caneuon Gwerin Cymru,* Curiad CD001C
Various Artists	*Gorau Gwerin Volume II*, Sain C933G/1333H
Ar Log	*Cyfrol VI,* Sain SCD2119

PROJECT 11

DRÔN AC OSTINATO

Cerddoriaeth:	*Y Pibydd Amharod*
Cyfansoddwr:	Stuart Brown
Arddull:	Cerddoriaeth werin yr 20fed ganrif
Cyfnod allweddol:	Dau
Cyswllt cerddorol:	Drôn* ac ostinato*
Nod y dysgu:	Cyfansoddi darn o gerddoriaeth mewn haenau gan ddefnyddio ostinati melodig a drôn
Rhaglen astudio y Cwricwlwm Cenedlaethol:	P1, P5, P6, P7 C1, C3, C4, C5 A1, A2, A3
Adnoddau:	Offer taro tiwniedig* ac offer taro di-draw*. Offerynnau cynnal isel - er enghraifft, gitâr, sielo, recorder tenor, allweddell, ac yn y blaen

Nod y project hwn yw cael y plant i ddeall ac ymchwilio i drôn ac ostinato - dwy ddyfais gerddorol sydd yn ddefnyddiol wrth gyfansoddi cerddoriaeth a chyfansoddi'n fyrfyfyr.

1 Gofynnwch i'r plant ddod o hyd i'w pwls. Fedran nhw ei ddisgrifio? Mae gan bob pwls guriad* rheolaidd, ond weithiau bydd ambell bwls yn gyflymach na'i gilydd. Mae curiad rheolaidd i'r mwyafrif o ddarnau cerddorol. Mewn rhai mathau o gerddoriaeth, caiff y curiad ei gynnal gan offeryn; er enghraifft, drwm mewn band gorymdeithio. Mewn mathau eraill o gerddoriaeth, nid yw'r curiad yn cael ei chwarae fel y cyfryw, ond fe fyddwn yn medru teimlo'r pwls neu gadw at y curiad wrth ddawnsio. Yn aml, pan fydd gan ddarn o gerddoriaeth guriad rheolaidd, byddwn yn mwynhau ymuno yn y perfformiad trwy guro dwylo neu dapio'n traed. Chwaraewch recordiad o gerddoriaeth ag iddi guriad rheolaidd - er enghraifft, *Gwŷr Harlech* - a gofynnwch i'r plant guro neu dapio'r curiad. Mae'n bosib y daw rhai ohonynt o hyd i guriad cyflymach nag eraill, ond rhaid bod y curiad yn rheolaidd.

2 Atgyfnerthwch yr hyn y mae'r plant yn ei ddeall am 'guriad' trwy wrando am guriad rheolaidd mewn gwahanol fathau o gerddoriaeth ac mewn seiniau yn yr amgylchedd. Er enghraifft, gwrandewch ar glociau, offer argraffu a pheiriannau. Mae metronom yn cynnig ffordd ddiddorol o arddangos curiad ar wahanol gyflymdra. Os yw'n bosib, cofnodwch rai seiniau ar dâp ac ewch ati i ddarganfod y gwahanol guriadau sydd i'w teimlo ynddynt.

3 Nawr defnyddiwch y corff fel offeryn taro i arddangos 'curiad'. Rhannwch y dosbarth yn ddau grŵp. Gofynnwch i Grŵp 1 gynnal curiad araf, rheolaidd trwy dapio'u pengliniau yn ysgafn. A fedr Grŵp 2 guro curiad cyflymach, trwy haneru pob curiad?

Grŵp 1:	♣		♣		♣		♣	
Grŵp 2:	♦	♦	♦	♦	♦	♦	♦	♦

Gofynnwch i'r plant awgrymu gwahanol fathau o symudiadau taro'r corff*, ac ailadroddwch y gêm. Cyfnewidiwch y grwpiau. Os yw'r plant yn barod i fynd yn eu blaenau, cyflwynwch drydydd curiad, naill ai un cyflymach neu un arafach.

4 Gofynnwch i'r plant ddyfeisio nifer o syniadau rhythmig, byr. Defnyddiwch eiriau fel man cychwyn; er enghraifft, enwau plant, bwyd, enwau lleoedd, neu eiriau sy'n ymwneud â'ch pwnc dosbarth ar y pryd. Ailadroddwch y geiriau drosodd a thro er mwyn creu ostinato. Cyfoethogwch y gwead trwy ychwanegu symudiadau taro'r corff gan ddefnyddio yr un rhythm â'r geiriau a leferir.

5 Rhannwch y dosbarth unwaith eto yn ddau grŵp er mwyn perfformio ostinato gyda'r curiad. Er enghraifft:

Grŵp 1: (curiad)	Clap		Clap		Clap		Clap		Clap		Clap		Clap		Clap etc.
Grŵp 2: (ostinato)	"Pêl			new - ydd,			Pêl			new - ydd," etc.						

Gwnewch yn siŵr bod pob grŵp yn cael y cyfle i gynnal y pwls yn ogystal â pherfformio'r ostinato. Pan fydd y rhythm yn gadarn, rhowch gynnig ar berfformio heb y geiriau. Os byddwch yn teimlo'n fentrus, rhowch gynnig ar ychwanegu ostinato arall, ond un gwahanol y tro hwn.

6 Defnyddiwch y syniad a ddyfeisiwyd ar gyfer y curiad a'r ostinato gydag offer taro di-draw. Yn gyntaf, gweithiwch fel dosbarth cyfan, gan alw ar y plant fesul pâr i berfformio ar offerynnau gwrthgyferbyniol. Yna neilltuwch amser i'r plant ymarfer mewn parau neu grwpiau, gan ddefnyddio symudiadau taro'r corff* ynghyd ag offer taro di-draw. Bydd y plant mwyaf galluog o bosib yn medru creu a pherfformio rhythmau mwy cymhleth, tra bydd angen i eraill barhau i ddefnyddio geiriau er mwyn ysgogi syniadau a'u cynorthwyo gyda chywirdeb.

7 Er mwyn ymestyn y gwaith ar ostinati rhythmig, defnyddiwch bennill syml - er enghraifft, *Hen dŷ* - ac ewch ati i'w drefnu ar gyfer offerynnau amrywiol. Yn gyntaf, adroddwch y rhigwm gyda'ch gilydd:

> Hen dŷ, hen do,
> Hen ddrws heb ddim clo,
> Hen ffenest heb ddim gwydr,
> Hen wraig â wyneb budr.

Dewch o hyd i guriad addas, er enghraifft, dau guriad fesul llinell. Dewiswch un cymal neu linell ac ailadroddwch y rhythm hwn fel ostinato ar offer taro di-draw. Perfformiwch y rhigwm a drefnwyd gennych yn gynharach, gan adeiladu'r gwead haen wrth haen. Er enghraifft: dechreuwch gyda'r curiad; ar ôl pedwar curiad ychwanegwch yr ostinato; wedi i chi ailadrodd yr ostinato ddwywaith, ychwanegwch y rhigwm.

8 Dyfeisio ostinato melodig uwchben drôn, gan ddefnyddio'r dechneg 'haenau' i gyfuno'r syniadau yw'r cam nesaf yn y project. Dechreuwch gyda'r drôn. Gan ddefnyddio unrhyw offerynnau cynnal isel - er enghraifft, gitâr, sielo, recorder tenor neu allweddell - gofynnwch i rai o'r plant chwarae drôn ar y nodyn A. Gofynnwch i'r plant gynnal pob nodyn am bedwar neu wyth curiad ac yna ailadrodd. Dylai'r gwaith ar y 'curiad' yn gynharach yn y project fod wedi dysgu'r plant sut i gyfrif yn rheolaidd, oherwydd mae'n hynod bwysig bod y nodau drôn yn cael eu perfformio ar y cyd a'u bod yr un hyd! A yw'n bosib i blentyn arall ychwanegu drôn dau-nodyn, gan ddefnyddio'r nodau A ac E?

9 Wedyn, gofynnwch i'r plant eraill berfformio'n fyrfyfyr ac yn dawel uwchben y drôn gan ddefnyddio offer taro tiwniedig. Y nod yw creu awyrgylch lonydd a llyfn. Bydd angen y nodau A B C D E G ac A. Bydd rhyddid i'r plant ddefnyddio unrhyw rai o'r nodau hyn, er y gallech awgrymu y dylid defnyddio dau neu dri yn unig i gychwyn, cyn arbrofi ymhellach.

10 Gan weithio mewn grwpiau bychain, neilltuwch amser i'r plant ymarfer eu perfformio byrfyfyr uwchben y drôn. Yna, gofynnwch i bob grŵp greu patrwm melodig hawdd ei gofio, a'i ailadrodd i ffurfio ostinato. Anogwch y plant i fynd ati i adolygu eu syniadau fel bod yr ostinato a'r drôn yn cydblethu, ac atgoffwch y disgyblion y dylent geisio creu naws dangnefeddus. Efallai hefyd y carech atgoffa'r plant y dylen nhw fod yn medru teimlo'r curiad, er nad yw hwnnw'n cael ei chwarae! Gofynnwch i'r plant gyfnewid eu hofferynnau ar ôl peth amser, er mwyn bod pob un ohonynt yn cael y cyfle i ymarfer y drôn yn ogystal â'r ostinato. Efallai y bydd rhai plant yn dymuno recordio yr ostinato mewn rhyw ffordd neu'i gilydd er mwyn eu cynorthwyo i'w gofio.

11 Rhowch gymorth i bob grŵp gyda'r gwaith o strwythuro ei gerddoriaeth er mwyn creu cyfansoddiad mewn haenau. Gofynnwch i'r plant gychwyn gyda'r drôn, ychwanegwch y drôn dau-nodyn ar ôl ychydig guriadau, ac yna'r ostinato melodig. Os yw'r curiad yn gadarn, efallai yr hoffai'r plant ychwanegu ostinato rythmig. Anogwch bob grwp i berfformio ei gyfansoddiad fel bod y dosbarth yn cael y cyfle i werthuso'r datganiad. Er mwyn ymestyn y gwaith, mae'n bosib y gwnewch benderfynu recordio pob grŵp ac yna gofyn i unigolion berfformio haen arall, yn fyrfyfyr, i gyfeiliant y recordiad.

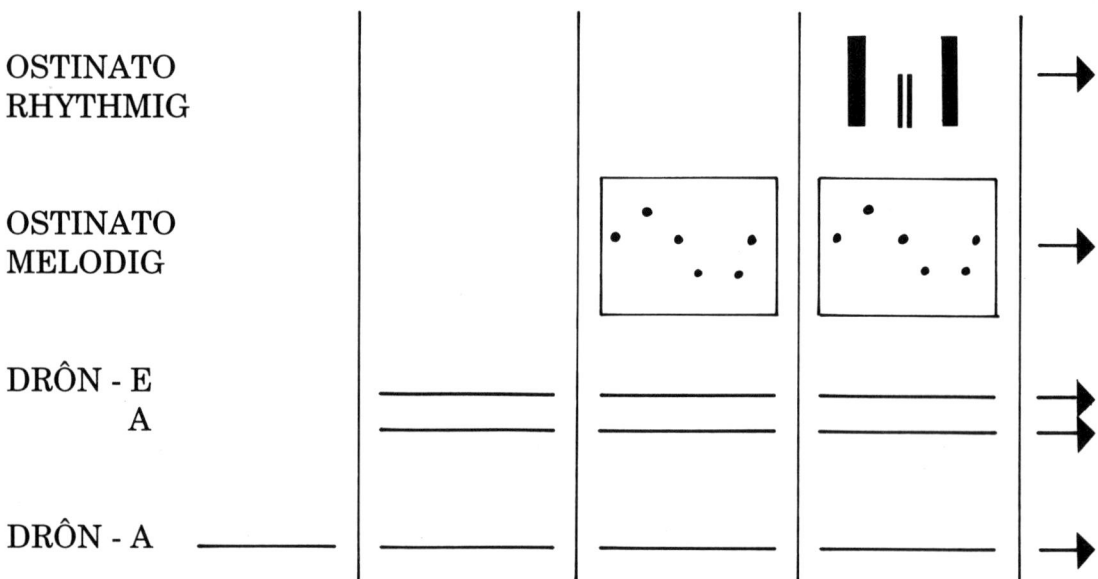

OSTINATO RHYTHMIG			
OSTINATO MELODIG			
DRÔN - E A			
DRÔN - A			

Gwrandewch gyda'r plant ar y dyfyniad allan o *Y Pibydd Amharod*. Mae'r gerddoriaeth yn creu awyrgylch heddychlon. Gwrandewch unwaith eto. A yw'r plant yn medru adnabod y gwead sydd ar ffurf haenau (drôn isel ....drôn dau-nodyn ar y delyn ...ostinato melodig ...alaw ar y bib)?

Gwrandewch unwaith yn rhagor. A fedr y plant glywed sain arall - drwm yn chwarae ffigur rythmig, byr? A ydyn nhw'n medru efelychu'r ffigur hwnnw? Yr unig offeryn di-draw yn y darn yw'r drwm. Gofynnwch i'r plant gyfrif sawl gwaith y maen nhw'n clywed y drwm ar ddechrau'r gerddoriaeth. Fe'i clywir dair gwaith, y naill dro yn dilyn yn gyflym ar ôl y llall, yna dipyn yn llai aml cyn iddo ail-ymddangos fel ostinato dros gyfnod o sawl bar.

Gwybodaeth gefndir ychwanegol.
Perfformir *Y Pibydd Amharod* gan Mabsant, grŵp gwerin adnabyddus o Gymru sy'n defnyddio deunydd traddodiadol ochr yn ochr â deunydd gwreiddiol yn eu cerddoriaeth. Daw enw'r grŵp o ŵyl draddodiadol y Mabsant, pryd y byddai trigolion y pentrefi yn mawrygu eu sant lleol mewn dawns a chân, a thrwy arfer dulliau eraill o ddiddanwch. Mae rhai pobl wedi ceisio atgyfodi'r traddodiad yma mewn sawl ardal yn Ne Cymru.

Gwrando pellach:
Philip Glass	*Desert Music*
Mike Oldfield	*Tubular Bells*
John Tavener	*The Lamb*
Mabsant	*Trwy'r Weiar*, Sain C604N

TREFN YN Y LLYS!

Cerddoriaeth:	'Gosteg yr Halen' allan o *Musica neu Beroriaeth*
Cyfansoddwr:	Robert ap Huw (c. 1580 - 1665)
Arddull:	Cerddoriaeth Telyn yr 17eg ganrif
Cyfnod allweddol:	Dau
Cyswllt cerddorol:	Ffurf* a naws
Amcan y dysgu:	Cyfansoddi cerddoriaeth ag iddi naws a strwythur pendant
Rhaglen astudio y Cwricwlwm Cenedlaethol:	P4, P6 C2, C3, C4 A1, A2, A3
Adnoddau:	Offerynnau taro tiwniedig* - traw uchel ac isel

Nod y project hwn yw bod y plant yn cyfansoddi darn byr ar ffurf rondo*. Fel "Gosteg" neu gerddoriaeth ymdawelu y cyfansoddwyd darn Robert ap Huw, i'w berfformio yn llys y Brenin Arthur pan gâi'r halen ei osod ar y bwrdd. Bwriedid i'r gerddoriaeth newid y naws - troi'r awyrgylch o brysurdeb a chyffro yn un o lonyddwch a thangnefedd

1   Gan ddefnyddio offeryn taro tiwniedig uchel (er enghraifft, glockenspiel neu clochfarrau), trefnwch raddfa bentatonig* gan gychwyn ar y nodyn F. Dyma'r nodau y bydd eu hangen arnoch:

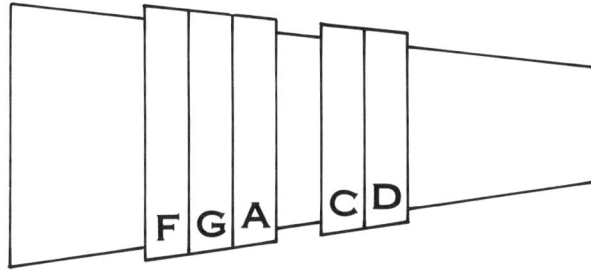

Chwaraewch y raddfa, i fyny ac i lawr, nifer o weithiau er mwyn i'r plant ymgyfarwyddo â'r raddfa.

2 Gan ddefnyddio offeryn traw isel (**er enghraifft, seiloffon bas**), dangoswch drôn* i'r plant trwy **ganu'r nodau F a C** ar yr un pryd. Cyfrwch wrth i chi berfformio, er mwyn sicrhau bod y drôn yn rheolaidd:

1	2	3	4	1	2
a	a	a	a	a	a etc.

C	C	C	C	C	C
F	F	F	F	F	F

Er mwyn eich cynorthwyo i berfformio gan gadw amseriad neu dempo* addas, dylai pob curiad bara am tua eiliad. Gofynnwch i'r plant dapio eu penngliniau fel pe baent yn chwarae'r drôn, gan gyfrif gyda chi, - yn uchel ar goedd i gychwyn, yna mewnoli yn dawel. Dylai bod gan bawb syniad da o'r drôn erbyn hyn, ar ôl bod yn ymarfer taro'u penngliniau.

3 Trafodwch sut y gellir defnyddio cerddoriaeth i greu awyrgylch: gall eich enghreifftiau gynnwys defnyddio emynau ar gyfer addoli, cerddoriaeth ffilm i greu naws golygfa neu'r ffanffer sy'n rhagflaenu coroni'r Bardd yn yr Eisteddfod Genedlaethol. A fedr y plant awgrymu rhai amgylchiadau sy'n gofyn am gerddoriaeth ymdawelu ac ymlonyddu? Er enghraifft, cerddoriaeth fydd yn gostegu'r ysgol gyfan cyn y gwasanaeth boreol, neu hwiangerdd i gysuro eu chwaer fach gyda'r nos. Gofynnwch i'r dosbarth ddewis un awgrym yr hoffen nhw gyfansoddi cerddoriaeth ar ei gyfer.

4 Gofynnwch i un neu ddau blentyn chwarae'r drôn yn ddistaw tra eich bod chi yn dangos sut i fynd ati i greu alaw lonydd, fyrfyryr gan

ddefnyddio nodau'r raddfa. A oes rhywun arall yn barod i greu alaw
yn fyrfyfyr, gan ddefnyddio'r nodau F, G ac A yn unig efallai, neu
bob un o'r pum nodyn? Anogwch y plant i gyd i ymdeimlo â'r
gerddoriaeth trwy roi cynnig ar naill ai'r drôn neu'r alaw, a
thrwy wrando a'r gyfansoddiadau byrfyfyr ei gilydd. Pa offerynnau
sy'n fwyaf addas ar gyfer y drôn a'r alawon?

5 Rhannwch y dosbarth yn dri grŵp. Dylai grŵp 1 ganu drôn ar
offerynnau isel eu traw gan gynnal y curiad ar eu pengliniau. Caiff y
disgyblion yn Grŵp 2 a 3 gymryd eu tro i greu alaw fyrfyfyr sy'n
para am wyth curiad uwchlaw sain y drôn:

Grŵp 1 (drôn) | | | | | | | | / | | | | | | | | etc.

Grŵp 2   . . . creu byrfyfyr . . . . . / . . . . gwrando . . . . . .

Grŵp 3   . . . gwrando . . . . / . . . . . . creu byrfyfyr . . . . . .

Cytunwch i chwarae'r drôn nifer o weithiau penodol fel
rhagarweiniad. Gwerthuswch yr alawon. Pa alawon sy'n creu'r
awyrgylch o lonyddwch yn fwyaf effeithiol? Ystyriwch yr effaith gaiff
tempo, dynameg, tawelwch a rhythm.

6 Gan ddefnyddio'r syniadau a ddaeth i'r wyneb tra'n cyfansoddi'n
fyrfyfyr, cyfansoddwch brif thema dosbarth-cyfan, i gyfeiliant wyth
curiad olaf y drôn. Galwch hon yn Thema A. Ewch ati i ymarfer
canu a chwarae'r brif thema hyd nes bod pawb yn teimlo'n ffyddiog
ohoni.

7 Gofynnwch i'r plant i ganu neu chwarae Thema A, uwchlaw
cyfeiliant y drôn. Yna, a fedr un plentyn greu alaw newydd yn
fyrfyfyr - Thema B? Gofynnwch i'r plant ganu neu chwarae Thema
A unwaith eto. Nawr, all rhywun arall greu alaw wahanol yn
fyrfyfyr - Thema C? Parhewch gyda'r syniad hwn hyd nes bod y
strwythur A B A C A D A wedi ei sefydlu. Efallai yr hoffech chi
grybwyll mai **ffurf rondo** yw'r enw a roddir ar y strwythur
gerddorol hon. Gwerthuswch y cyfansoddiad. A yw'r gwahanol
adrannau yn cychwyn ac yn gorffen yn eglur? Pa naws sy'n cael ei
chreu gan y gerddoriaeth? A oes modd gwneud gwelliannau yma a
thraw? Ar ba achlysuron y gellid perfformio'r gerddoriaeth?

Gwrandewch nifer o weithiau ar Thema A 'Gosteg yr Halen' allan o *Musica neu Beroriaeth*. Nawr gwrandewch ar y detholiad ar ei hyd. Gwrandewch ar sain y delyn, yr alaw syml a naws dangnefeddus y gerddoriaeth. Mae saith adran i'r detholiad - A B A C A D A. Gofynnwch i'r plant gyfrif sawl gwaith y byddan nhw'n clywed Thema A. Yna, gofynnwch iddyn nhw godi eu dwylo bob tro y byddan nhw'n clywed Thema A.

Gwybodaeth gefndir ychwanegol

Ar un adeg roedd Robert ap Huw, a hannai o Bodwigan, Sir Fôn, yn delynor yn llys Iago Iaf. Denwyd nifer o gerddorion o Gymru i'r Llys Brenhinol, oherwydd bod y brenhinoedd Tuduraidd yn mynnu cael telynorion o Gymru i'w diddanu.

Mae'n bur debyg mai *Musica neu Beroriaeth* yw'r casgliad cynharaf sydd ar gael heddiw o gerddoriaeth a gyfansoddwyd yn benodol ar gyfer y delyn. Cofnodwyd y gerddoriaeth mewn math o nodiant a elwir yn 'tablun' a diddorol nodi bod Robert ap Huw yn esbonio tarddiad y darn yn y llawysgrif wreiddiol.

Gwrando pellach:

Zoltán Kodály	Cyfres *Hary Janos*
W A Mozart	Consierto rhif 4 yn E♭ i Gorn Ffrengig (K495)
Jean-Philippe Rameau	*Rigaudon 1* a *La Joyeuse*
Môr o Wydr	(Cerddoriaeth telyn gan gyfansoddwyr Cymreig), Lorelt LNT105

PROJECT 13

DO, RE, MI

Cerddoriaeth:	*Adiemus II*
Cyfansoddwr:	Karl Jenkins (1944 -)
Arddull:	Cerddoriaeth leisiol yr 20fed ganrif
Cyfnod allweddol:	Dau
Cyswllt cerddorol:	Traw*
Nod y dysgu:	Cyfansoddi cerddoriaeth leisiol yn fyrfyfyr* trwy ddefnyddio sol-ffa
Rhaglen astudio y Cwricwlwm Cenedlaethol:	P1, P2, P5
	C3
	A1, A2
Adnoddau:	Nifer o offerynnau tiwniedig*

Mae sol-ffa yn ddull o ganu ar y pryd sydd yn defnyddio enw ar gyfer pob nodyn o'r raddfa - do, re, mi, fa, so, la, ti, do'. Datblygodd y system yn Lloegr ond enillodd ei blwyf yng Nghymru yn ystod ail hanner y bedwaredd ganrif ar bymtheg. Fe'i defnyddir heddiw i raddau, er i'w boblogrwydd ostwng yn ystod y blynyddoedd a aeth heibio.

1 Ysgrifennwch y raddfa sol-ffa ar fwrdd, fel y nodir ar y tudalen nesaf:

d'	(*do'*)
t	(*ti*)
l	(*la*)
s	(*so*)
f	(*fa*)
m	(*mi*)
r	(*re*)
d	(*do*)

Yn gyntaf, defnyddiwch offeryn i seinio *do* ar C ganol (y nodyn C yng nghanol yr allweddell). Canwch i fyny'r raddfa, gan bwyntio at bob lythyren wrth i chi ganu. Nesaf, rhowch gynnig ar gychwyn ar y brig a disgyn i lawr y raddfa. Bydd angen ymarfer hyn sawl gwaith gyda'r dosbarth. Os oes angen, defnyddiwch offeryn i arddangos seiniau'r raddfa, ond gwyliwch rhag mynd yn or-ddibynnol ar offerynnau yn y project yma, gan y bydd yn haws i'r plant godi'r nodyn yn uniongyrchol oddi wrth eich llais chi.

2 Wedi i chi gadarnhau sain y raddfa gyfan ym meddyliau'r plant, gall y dosbarth ddechrau canolbwyntio ar dri nodyn yn unig: *do, re, a mi.* Gofynnwch i'r plant ganu pob nodyn ar eich ôl. Dangoswch pryd y dylen nhw ddechrau canu trwy godi cledrau eich dwylo. Dyma rai alawon camu byr i'r plant eu hadleisio:

do   re   do
do   do   re   do
do   re   mi   re   do

Canwch yn araf i gychwyn, er mwyn i'r dosbarth fedru ymdeimlo â phob nodyn. Pwyntiwch at y nodau ar y bwrdd wrth iddyn nhw ganu. Yn raddol, wedi i'r plant ddod yn sicr o'r seiniau gallwch ofyn iddyn nhw ganu'r nodau yn union wrth i chi bwyntio atynt. Bydd canu nodau agoriadol rhai alawon cyfarwydd yn gymorth i gadarnhau'r bylchau neu'r cyfyngau rhwng y seiniau:

d   r   m   m   r   d
"Si hei lw - li 'ma-bi"

d   d   r   r   m   d
"Da - cw mam yn dw - ad"

d   r   m   d
"Ble   mae Bawd - yn?"

Efallai bydd rhai plant yn teimlo'n barod i gyfansoddi cân fer gan ddefnyddio'r nodau hyn.

3 Ychwanegwch y nodyn *so*, trwy ganu pedwar nodyn agoriadol yr alaw werin Gymreig *Heno, Heno, hen blant bach*:

m   s   m   s

"He - no   He - no"

Er mwyn ategu hyn, efelychwch sŵn seiren car yr heddlu neu ambiwlans:

s   m   s   m

"Ni na Ni na"

Neu arbrofwch gyda geiriau addas ar *so* a *mi*:

s   m   s   s   m   s

"Ti a mi, Un, dau, tri"

Trefnwch i'r plant gyfansoddi'n fyrfyfyr gan ddefnyddio'r ddau nodyn *so* a *mi*. Yn gyntaf, rhannwch y dosbarth yn ddau grŵp, un i ddal y nodyn *so*, tra bod y grŵp arall yn cyfansoddi'n fyrfyfyr ar *so* a *mi*. Cyfnewidiwch y grwpiau gan ofyn i un grŵp ddal y nodyn *mi* tra bod y llall yn cyfansoddi'n fyrfyfyr.

4 Nesaf, ychwanegwch y nodyn *la*. Canwch *mi so la* eto gan bwyntio at y nodau ar y bwrdd. Ydy'r plant yn medru meddwl am alaw sy'n cychwyn fel hyn? *Postman Pat!* A yw'r plant yn medru canu'r nodau tuag yn ôl? *La so mi*. Rhowch gynnig ar ganu llinell agoriadol *Tawel Nos* er mwyn ymarfer y nodau yma:

s l s m   s l s m

"Da - wel nos, Sanc - taidd nos"

Trefnwch i'r plant gyfansoddi'n fyrfyfyr gan ddefnyddio'r tri nodyn, *mi, so, la*. Gofynnwch i hanner y plant ddal y nodyn *mi*, tra bo'r gweddill yn cyfansoddi'n fyrfyfyr ar *mi, so, la*. Ailadroddwch y gweithgaredd, gan ddal y nodyn *so* neu *la* y tro hwn.

5 Rhowch gynnig ar y gweithgaredd byrfyfyr mewn grwpiau yn awr, gyda *la* fel y nodyn cynnal. Rhowch offeryn tiwniedig i bob grŵp er mwyn taro'r nodyn A (isel neu uchel). Cyfarwyddwch y plant sydd yn cynnal *la* i anadlu yn ôl yr angen, tra bo'r gweddill yn cyfansoddi'n dawel ac yn fyrfyfyr ar *mi, so, la*. Atgoffwch y sawl sy'n cyfansoddi'n fyrfyfyr nad oes angen iddyn nhw ganu trwy gydol yr amser - ceisiwch eu hannog i beidio â chanu rhwng syniadau er mwyn gwrando ar y gweddill. Bydd rhai yn adleisio syniadau ei gilydd yn ogystal. Gwnewch yn siŵr bod pawb yn cael y cyfle i ganu'r nodyn cynnal ac i gyfansoddi'n fyrfyfyr.

Gwrandewch ar nodau agoriadol y recordiad gyda'r dosbarth. A yw'r plant yn medru adnabod y seiniau fel y rhai a ddefnyddiwyd yn eu cyfansoddiadau grŵp? Nodau agoriadol y dyfyniad yw *la, la, so, la, mi, so, la*. Canwch y cymal yma gyda'r plant. Traw cywir y nodau yw A A G A E G A.

Yn olaf, gwrandewch gyda'r dosbarth ar y dyfyniad cyfan. Mae'r alaw wedi ei hadeiladu o gwpas y nodyn *la*. Pa fath awyrgylch sy'n cael ei chreu gan y gerddoriaeth? Pa nodau eraill sy'n perthyn i'r raddfa sol-ffa y mae'r plant yn medru eu clywed? A yw'r plant yn medry canu rhannau eraill o'r alaw. Gwrandewch ar y dyfyniad eto. A yw'r plant yn medru clywed dau lais? Mae'r ddau yn perthyn i'r un person. Mae'r ail lais yn dod i mewn ar ôl y cyntaf ac yn efelychu'r alaw. A yw'r plant yn medru clywed hyn?

Gwybodaeth gefndirol ychwanegol
Cyfansoddwyd *Adiemus - Songs of Sanctuary* gan Karl Jenkins yn 1995 ac *Adiemus II* yn 1997. Mae'r ddau waith hwn wedi cyrraedd brig y siartiau clasurol ac maent i'w gweld yn siartiau 'pop' nifer o wledydd.
(Gweler hefyd gwybodaeth gefndirol Project 5)

Gwrando pellach:	
Barbara Strozzi	*La sol fa mi re do*, Carlton Classics
Rogers and Hammerstein	'Do re mi' allan o *The Sound of Music*
Karl Jenkins	*Adiemus I, Adiemus II*

PASIWCH O 'MLAEN!

Cerddoriaeth:	*Hexachord Fantasia*
Cyfansoddwrr:	Thomas Tomkins (1572 - 1656)
Arddull:	Cerddoriaeth feiol yr 16/17eg ganrif
Cyfnod allweddol:	Dau
Cyswllt cerddorol:	Graddfa*
Nod y dysgu:	Dysgu ar y cof, efelychu a chyfansoddi patrymau cerddorol yn fyrfyfyr*
Rhaglen astudio y Cwricwlwm Cenedlaethol:	P1, P4, P6, P7 C3, C4 A1, A2, A3
Adnoddau:	Offerynnau taro di-draw*, - un i bob plentyn. Nifer o offerynnau taro tiwniedig* - nodau C D E F G A

Mae'r project hwn yn cychwyn gyda nifer o weithgareddau ar gyfer y dosbarth cyfan (camau 1-5). Byddai'n ddoeth cyflwyno'r rhain dros nifer o sesiynau byr, unigol. Dylid plethu'r gwaith grŵp sydd yn cael ei gyflwyno tua diwedd y project (camau 5 a 6) yn rhan o amserlen integredig, gan y bydd angen pedwar offeryn taro tiwniedig ar bob grŵp ynghyd ag awyrgylch dawel i weithio ynddi!

1 Perfformiwch nifer o seiniau lleisiol a gofynnwch i'r dosbarth eu hailadrodd. Dechreuwch gyda syniadau cerddorol syml, ac archwiliwch y cyferbyniadau sydd i'w canfod yn yr elfennau cerddorol. Er enghraifft:

TRAW
- canwch alaw tri-nodyn ar "mi mi mi"
- canwch glisandi* esgynnol neu ddisgynnol ar "aaa"
- canwch batrwm o nodau byr a nodau hir ar yr untraw: "bi bi bi biii"

PARHAD
- lleisiwch seiniau di-draw sy'n amrywio o ran hyd: "papapapapapa", "rrrrrrrrrrrrrrrr", "fffffffffffff ff", "brr brr brr", "tss tss tss", etc.

AMSERIAD
- cyflymwch: "da   da   da   da   da   da da da dadadadadadadada"
- arafwch: "bebebebebebe be be be be be be   be   be   be"

TIMBRE*
- arbrofwch gyda 'seiniau ceg': clecian y tafod, clecian y gwefusau yn galed ac yn ysgafn, "twt-twt", "slochchchchchch!"

A fedr y plant dyfeisio seiniau lleisiol i'w hefelychu gan y dosbarth?

2 Eisteddwch gyda'r dosbarth mewn cylch. Dyfeisiwch sain unigol a phasiwch y sain hon o'r naill blentyn i'r llall o amgylch y cylch. Ar ôl rhai munudau, dyfeisiwch sain arall a phasiwch hon hefyd yn yr un modd o amgylch y cylch. Ni ddylai'r ail sain oddiweddyd y sain gyntaf. Amrywiwch y gêm trwy anfon y ddwy sain i ddau gyfeiriad gwrthgyferbyniol o amgylch y cylch - er mwyn gwneud hyn bydd rhaid i chi, neu un o'r plant basio'r ddwy sain ymlaen, y naill ar ôl y llall yn gyflym. Er mwyn gwneud y gêm ychydig yn fwy anodd, ymestynnwch y seiniau yn batrymau hirach. Fel yn y gêm 'Chinese whispers', ni ddylai'r 'negeseuon' newid wrth iddyn nhw deithio o amgylch y cylch!

3 Ailadroddwch gam 2, gan ddefnyddio symudiadau taro'r corff* y tro hwn. Gwnewch yn siŵr bod modd dysgu'r negeseuon ar y cof a'u hailadrodd, ond ewch ati yn raddol i ddefnyddio patrymau mwy cymhleth. Er enghraifft, dechreuwch trwy ddefnyddio un rhan o'r corff yn unig ym mhob neges; ailadroddwch y rhythm ar ran arall o'r corff ar gyfer yr ail neges:

Neges 1
Taro'r pengliniau   — - - — —

Neges 2
Taro'r pengliniau   — - - — —
Curo dwylo   — - - — —

Rhowch gynnig ar feimio geiriau (er enghraifft, "dy-ma'r ne-ges") er mwyn cynorthwyo'r plant i gofio'r patrymau.

4 Ailadroddwch y gweithgareddau cylch, a'r tro hwn defnyddiwch offerynnau taro di-draw y gellir eu dal yn y dwylo.

5 Gan barhau i weithio gyda'r dosbarth cyfan mewn cylch, anfonwch un neges felodig ar offerynnau taro tiwniedig. Trefnwch nifer o offerynnau taro gyda'r nodau C D E F G A, a dosbarthwch yr offerynnau yn wastad o amgylch y cylch. Perfformiwch alawon camu araf, sy'n codi ac yn disgyn, gan adael bwlch cytbwys rhwng y nodau, er mwyn ei gwneud hi'n haws i'r plant efelychu eich neges. Yn raddol cynyddwch nifer y nodau a gynhwysir ym mhob neges. Er enghraifft:

C D C
C D E D C
C D E F E D C
C D E F G F E D C
C D E F G A G F E D C

6 Trefnwch bod y plant yn cael y cyfle i barhau i weithio gyda'r negeseuon melodig, fesul grŵp o bedwar. Oddi mewn i bob grŵp, bydd angen offeryn taro tiwniedig ar bob plentyn (nodau CDEFGA) a phâr o ffyn taro. A yw'r plant yn medru ailadrodd cam 5 fel rhan o'u pedwarawd? Dim ond un offeryn ddylai fod yn perfformio ar y tro a dylai plentyn gwahanol ddechrau pob neges newydd. Dylid pasio pob alaw o amgylch y pedwarawd heb doriad, gan gadw at yr un tempo*. Bydd angen i'r plant wrando'n astud ar bob alaw er mwyn medru efelychu'r patrymau yn gywir.

7 Pan fydd y plant yn perfformio'r gweithgareddau a amlinellir yn cam 6 yn hyderus, ymestynnwch dasg y grŵp. Gofynnwch i'r plant basio'r neges o amgylch y pedwarawd fel o'r blaen, ond gan ychwanegu datganiad byrfyfyr tawel y tro hwn. Wedi i bob plentyn gyflwyno'i neges, dylai ef/hi ddechrau cyfansoddi alaw dawel, sy'n symud yn fwy cyflym ar yr un nodau. Dylid gallu clywed y brif alaw yn eglur drwy'r cyfan.

Gwrandewch gyda'r dosbarth ar yr hecsacord a ddefnyddir gan Tomkins yn *Hexachord Fantasia*. Graddfa chwe-nodyn yw hecsacord, a ddatblygwyd yn yr unfed ganrif ar ddeg. Dyma enwau'r nodau: 'Ut', 'Re', 'Mi', 'Fa', 'Sol' a 'La'. Gwrandewch ar y raddfa yn symud i fyny ac i lawr. Nawr gwrandewch ar y detholiad allan o *Hexachord Fantasia*. Gofynnwch i'r plant godi eu dwylo pan fyddan nhw'n clywed y hecsacord. Caiff y hecsacord ei ganu'n araf gan un

offeryn unigol ar y tro. Gwrandewch ar y dyfyniad unwaith eto. Caiff y nodyn uchaf, 'la'(A), ei gynnal cyn i'r patrwm gael ei ailadrodd, yn disgyn y tro hwn. Ysgrifennwyd *Hexachord Fantasia* ar gyfer pedwarawd feiol, offerynnau llinynnol cribellog yn cael eu canu â bwa. Gyda dyfodiad teulu'r ffidl, gwnaethpwyd llai o ddefnydd o'r feiol. Beth mae'r offerynnau eraill yn ei wneud tra bo'r hecsacord yn cael ei berfformio? Efallai bod y plant yn gallu clywed y feiolau eraill yn canu alawon cyflymach, mwy diddorol. Gwrandewch ar y detholiad unwaith yn rhagor. Sut mae'r gerddoriaeth yn gwneud i'r plant deimlo?

Gwybodaeth gefndir ychwanegol

Ganwyd Thomas Tomkins yn Nhyddewi, Sir Benfro. Fe'i addysgwyd gan William Byrd ac fe gyfansoddodd gerddoriaeth ar gyfer yr eglwys, madrigalau yn ogystal â darnau ar gyfer yr allweddell a chonsortiau feiolau. Bu hefyd yn organydd am hanner can mlynedd yn eglwys gadeiriol Caerwrangon (Worcester), hyd nes i'r Piwritaniaid roi terfyn ar gerddoriaeth i'r organ a cherddoriaeth gorawl, gan ei amddifadu o'i safle fel organydd.

Further listening:

William Byrd	O Quam Gloriosum, EMI 41 4481 4
William Byrd	Haec Dies, EMI 41 4481 4
Thomas Tomkins	Consort music, Naxos 8.550602

PROJECT 15

LLEISIAU

Cerddoriaeth:	*Geni Crist* a *Carmina Sirenum (Cân y Seirenau)*
Cyfansoddwr:	Brian Hughes (1938 -.)
Arddull:	Cerddoriaeth gorawl yr 20fed ganrif
Cyfnod allweddol:	Dau
Cyswllt cerddorol:	Seiniau lleisiol
Nod y dysgu:	Archwilio ystod eang o seiniau lleisiol gan ganolbwyntio ar timbre*, traw* a dynameg*
Rhaglen astudio y Cwricwlwm Cenedlaethol:	P3, P7 C1, C2, C3, C4, C5 A1, A2, A3
Adnoddau:	Clychau neu seiniau tebyg i glychau; nifer o gopïau o'r detholiad allan o *The Snow Spider* by Jenny Nimmo (Mammoth ISBN 0-7479-0831-X) - trosiad Cymraeg, gweler isod

Y llais dynol yw'r offeryn mwyaf amryddawn ohonyn nhw i gyd. Bydd y project creadigol hwn o gymorth i'r plant ddarganfod bod modd defnyddio'r llais at ddibenion perfformio mewn dulliau anarferol, yn ogystal â chanu mewn modd mwy confensiynol.

Y detholiad allan o *The Snow Spider* gan Jenny Nimmo yw man cychwyn y project. Mae Gwyn, y prif gymeriad, yn derbyn pum anrheg anarferol iawn ar ei ben-blwydd yn naw oed: darn o wymon, sgarff felen, chwisl dun, broetsh fetel wedi'i phlygu, a cheffyl bychan sydd wedi torri. "Mae'n bryd i ni gael gweld a wyt ti'n ddewin!" meddai Nain Gwyn, wrth iddi hi gyflwyno'i anrhegion iddo. Mae Gwyn yn rhoi'r broetsh i'r gwynt ac, yn ei lle, mae'n derbyn corryn arian bitw bach, Arianwen, Corryn yr Ôd, sy'n mynd ati i nyddu gwe tebyg i sgrîn, a thrwy'r sgrîn honno caiff Gwyn ei dynnu i mewn i fyd arallfydol.

1 Darllenwch y detholiad canlynol o Bennod 3 a droswyd i'r Gymraeg. (Efallai y byddai o fudd i'r plant pe baent yn cael copïau personol o'r geiriau er mwyn medru cyfeirio atynt yn hwyrach.)

"Codai dinas trwy gymylau o eira lliw'r enfys. Yn gyntaf, ymddangosodd tŵr, un tal a gwyn, wedi ei goroni gan glochdy o iâ wedi'i gerfio'n goeth; oddi mewn i'r clochdy roedd cloch arian lachar..."

"Tan yr eiliad honno roedd y ddinas wedi bod yn llonydd ddistaw, ond yn sydyn dechreuodd y gloch yn y tŵr gwyn siglo'n ôl a blaen, ac yna dyma hi'n seinio. Mi fedrai Gwyn ei chlywed, yn glir a chroyw ar draws yr eira. Daeth plant allan o'r tai; plant â'u hwynebau yn welw a gwallt liw'r arian, yn parablu, yn chwerthin ac yn canu. Erbyn hyn roedden nhw yn y caeau eira claerwyn, yn galw ar ei gilydd mewn lleisiau main melodaidd ....."

"Dechreuodd y byd gwyn grynu ac ymdoddi, hyd nes bod dim ar ôl ond y lleisiau, oedd i'w clywed yn canu'n dyner yn y tywyllwch."

2 Darllenwch y detholiad unwaith eto, a'r tro hwn dywedwch wrth y plant am ddefnyddio eu 'clustiau cerddorol' i adnabod y geiriau sy'n rhoi awgrym neu ddâu o'r seiniau a glywodd Gwyn. Er enghraifft, mae'n bosib y gwnân nhw sylwi ar y geiriau canlynol: cloch arian", "seinio", "clir a chroyw", "yn parablu, yn chwerthin ac yn canu", "galw.....mewn lleisiau main melodaidd" a "canu'n dyner."

3 Trafodwch yr olygfa. Beth yw'r sain gyntaf mae Gwyn yn ei chlywed? Archwiliwch y seiniau a gynhyrchir gan glychau neu arbrofwch gydag offerynnau a gwrthrychau sy'n cynhyrchu sain debyg i gloch; er enghraifft, clochfar, metaloffon, allweddell neu bibell fetel. Pa un yw hoff sain y plant a pham?

4 Mae'r detholiad yn cyfeirio at bedwar syniad lleisiol pendant - parablu, chwerthin, canu a galw. Gan ddefnyddio seiniau lleisiol, archwiliwch y syniad cyntaf - "parablu" trwy gyfansoddi'n fyrfyfyr* gyda'r dosbarth. A fedr y plant feddwl am sillafau, geiriau neu gymalau i'w hailadrodd? Dyfeisiwch arwyddion neu gyfarwyddiadau yn dangos pryd y dylid dechrau a diweddu, yna canolbwyntiwch ar y modd y caiff y seiniau eu perfformio. Tynnwch sylw yn benodol at:

- timbre (er enghraifft arbrofwch gyda seiniau chwythlyd, sibrydol, main ac arswydus);
- traw (er enghraifft arbrofwch gyda seiniau uchel ac isel, yn llithro i fyny ac i lawr neu'n symud fesul cam i fyny ac i lawr);
- dynameg (er enghraifft archwiliwch p'un ai seiniau cryf neu seiniau distaw sy'n dal naws ac awyrgylch y detholiad orau).

Gofynnwch i'r plant ddechrau parablu â'i gilydd, neu dechreuwch gydag un grŵp ac ychwanegwch y gweddill yn raddol. Pa ddull sy'n fwyaf effeithiol a pham?

5 Archwiliwch y syniad nesaf -'chwerthin'. Mae pob un ohonom yn chwerthin yn wahanol i'n gilydd, yn yr un modd ag y mae ein lleisiau canu a siarad yn gwahaniaethu. A fedr y plant ddod o hyd i ddulliau newydd, amrywiol o gynhyrchu seiniau chwerthin? Fel yn cam 4, tynnwch sylw'r plant at ansawdd sain, traw a dynameg.

6 Yn dilyn hyn, archwiliwch y syniadau sydd ar ôl -'canu a galw'. Nid oes angen geiriau, os na fydd y plant yn dychmygu eu bod yn galw enwau ei gilydd. Mae'r canlynol yn seiniau defnyddiol er mwyn cynnal syniadau lleisiol: 'ah', 'ê', 'î" 'ô', 'ww' 'rr', 'mmm', 'nnn', 'sss', 'sh', 'f-f', 'ff-ff'a 'zzz'. Unwaith eto, canolbwyntiwch ar ansawdd sain, traw a dynameg. Er enghraifft, archwiliwch y gwrthgyferbyniad rhwng lleisiau'r bechgyn a lleisiau'r merched; rhowch gynnig ar ddefnyddio un nodyn yn unig, symud yn ôl a blaen rhwng dau nodyn, dyfeisio syniadau melodig byr y gellir eu dysgu ar y cof a'u hailadrodd, a chanu mor ddistaw ag sy'n bosib. Cofiwch hefyd, mor bwysig yw distawrwydd! Pa effaith y mae hyn yn ei greu?

7 Wedi i chi arbrofi gyda seiniau clychau a'r pedwar syniad lleisiol fel dosbarth, gofynnwch i'r plant gyfuno'r syniadau wrth lunio cyfansoddiadau fesul grŵp. Byddai copi o'r detholiad, - y trosiad Cymraeg, o bosib yn ddefnyddiol, er mwyn i bob grŵp fedru cyfeirio ato. Recordiwch ffrwyth llafur y plant neu defnyddiwch nodiant graffig er mwyn cynorthwyo'r gwaith sydd ar y gweill, yna gofynnwch i bob grŵp berfformio'i gyfansoddiad gorffenedig, er mwyn i weddill y dosbarth fedru trafod effeithiolrwydd y gwaith.

Gwrandewch ar y dyfyniad allan o *Geni Crist* gan Brian Hughes. Fel yn achos gwaith y plant, mae'r darn lleisiol, cyfoes hwn wedi ei seilio ar ysgogiad llenyddol, er bod yr ysgogiad hwnnw yn perthyn i'r 13eg ganrif. Fe fydd y plant yn clywed sibrwd yn yr iaith Ladin, sy'n cael ei ddisodli'n raddol gan ganu - ar un nodyn yn unig i gychwyn.

Gwrandewch eto. Mae'r perfformwyr yn ymuno'n raddol ar lun 'Mexican wave'.

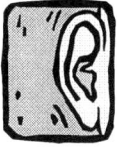

Nawr, gwrandewch ar y detholiad allan o *Carmina Sirenum*, eto gan Brian Hughes. Mae'r darn hwn yn cyfeirio at y chwedl honno o wlad Groeg am Odesiws sy'n ei glymu ei hun wrth hwylbren ei long er mwyn gwrthsefyll y temtasiwn o gael ei hudo i'w farwolaeth ar y creigiau peryglus gan sain y Sirenau yn canu. Ceir dwy adran - a'r ddwy ohonynt yn dechrau gyda glisandi* esgynnol ar ddannau'r piano. Gwrandewch unwaith eto. Fe glywir grwpiau o leisiau yn dod i mewn, un ar y tro, gan ganu 'nnn', 'sssssssss', glisandi disgynnol a 'sshhh'. A fedr y disgyblion glywed y Sirenau yn canu?

Gwybodaeth gefndir ychwanegol
Tefniant cerddorol o gerdd gan Madog ap Gwallter yw *Geni Crist*. Mae'r farddoniaeth yn perthyn i'r 13eg ganrif ac ynddi fe ddethlir genedigaeth Crist. Cyfansoddwyd y darn yn 1991. Cyfansoddwyd *Carmina Sirenum* yn 1981 ar gyfer Cantorion Sirenian, côr adnabyddus o Gymru.

Gwrando pellach:

Luciano Berio	*Sequenza III*
David Fanshawe	*African Sanctus*
Folke Rabe	*Rondes*
Ernst Toch	*Geographical Fugue*
Brian Hughes	*Geni Crist*, Black Mountain CBDM323
Brian Hughes	*Carmina Sirenum*, Mastertone TAP002

RHESTR TERMAU

Bwriad y rhestr termau yma yw egluro'r geiriau a ddynodir gyda * yn y cyhoeddiad hwn.

Anterliwt
darn o gerddoriaeth, yn aml mewn arddull gyferbyniol, a chwareir rhwng darnau eraill.

Curiad
y patrwm mesuredig rheolaidd - clywadwy neu ymhlyg - y seilir y mydr arno, ac y ffurfir rhythmau yn ei erbyn. Byddai cyfrif dau guriad mewn un mesur (bar) yn golygu 1 - 2, 1 - 2, 1 - 2, etc.

Cyfansoddi byrfyfyr
creu a datblygu syniadau cerddorol ar y pryd tra'n perfformio

Di-draw
sain offerynnol neu leisiol heb draw neu nodyn penodol. Mae'r tambwrîn neu clafau yn enghraifft o offeryn taro 'di-draw'

Digyfeiliant
heb fod â chyfeiliant offerynnol neu leisiol. Yn draddodiadol mae alawon gwerin i'w canu'n ddigyfeiliant.

Drôn
nodyn neu nodau o draw sefydlog sy'n barhaus neu a ailadroddir

Dynameg
graddau o gryfder a thawelwch

Ffurf
cynllun strwythurol ar gyfer darn o gerddoriaeth, e.e. mae ffurf ABA (deiran) yn cynnwys prif adran, adran wrthgyferbyniol, ac yna'r brif adran unwaith eto

Ffurf rondo
fframwaith cerddorol lle mae un adran yn ail-adrodd yn ysbeidiol, e.e. **A** B **A** C **A**

Glisando
llithro i fyny neu i lawr cyfres o nodau cyfagos, lluosog: 'glisandi'

Graddfa
cyfres o nodau sydd fel rheol yn gysylltiedig â chywair neu fodd, sy'n symud i fyny neu i lawr yn eu trefn, e.e. graddfa fwyaf, graddfa bentatonig, graddfa tonau cyfan

Graddfa bentatonic	graddfa sy'n cynnwys pum nodyn, gyda phob nodyn o leiaf dôn ar wahan e.e. C D E G A. Arf defnyddiol iawn ar gyfer gwaith byrfyfyr a chyfansoddi yn y dosbarth yn sgîl y ffaith na ellir cael anghytseinedd eithafol pan chwaraeir y nodau yr un pryd.
Nodiant graffig	ffordd o ddefnyddio symbolau gweledol i gyfleu bwriadau'r cyfansoddwr. Gall y symbolau gynnwys siapiau geometregol, lliwiau, lluniadau, geiriau neu arwyddion cerddorol confensiynol ac fe'u dyfeisir yn aml ar gyfer yr achlysur penodol a'u hesbonio drwy gyfrwng 'allwedd'
Ostinato	patrwm melodig neu rythmig a ailadroddir yn barhaus lluosog: 'ostinati'
Taro'r corff	defnyddio unrhyw ran o'r corff i gynhyrchu seiniau cerddorol, e.e. curo dwylo, stampio traed, clicio tafodau
Tempo	cyflymdra'r curiad mewn darn o gerddoriaeth
Timbre	ansawdd y sain neu ansawdd y tôn, e.e. sain arbennig offeryn neilltuol, neu sain offeryn a chwaraeir mewn ffordd neilltuol
Tiwniedig (Traw)	sain offerynol neu leisiol gyda thraw neu nodyn penodol. Mae glockenspiel neu seiloffon yn enghraifft o offeryn taro 'tiwniedig'

Dymuna'r cyhoeddwyr ddiolch i Gyngor Cwricwlwm Cymru am roi caniatâd i atgynhyrchu rhai o'r diffiniadau uchod o *Cerddoriaeth yn y Cwricwlwm Cenedlaethol, Arweiniad Ddi-statudol ar gyfer Athrawon.*